明文堂編輯部 校閱

原本備旨
懸吐註解

古文眞寶前集

明文堂

原本備旨
懸吐註解

古文眞寶前集目錄

卷之一

勸學文

五言古風短篇

卷之二

五言古風短篇

卷之三

五言古風長篇

卷之四

七言古風短篇

卷之五

七言古風短篇

卷之六

七言古風長篇

卷之七

長短句

卷之八

歌類

卷之九

歌類

卷之十

行類

卷之十一

行類

卷之十二

吟類

原本備旨懸吐註解 古文眞寶前集目錄 終

原本備旨懸吐註解

古文眞寶諸賢姓氏事略

七國

屈原 名平楚三閭大夫懷王信讒踈之原作離騷以述其愛君憂國之意襄王立王信讒而放之江湘自沈汨羅而死

李斯 秦丞相

漢

賈誼 洛陽人文帝時河南尹吳公薦之召爲博士絳灌等毁之乃以爲長沙王太傅

王褒 字子淵益州刺史奏褒有逸才上徵之獻頌上令往益祠金馬碧鷄之神道病卒褒在宣帝時爲諫議大夫

諸葛孔明 名亮寓襄陽隆中蜀先主三顧草廬乃出後相蜀爲名臣諡忠武侯

魏

曹子建 名植魏武王操子文帝弟封陳王諡思

劉伶 字伯倫沛國人放情肆志與嵇阮爲竹林之交

晉

王羲之 字逸少爲右軍會稽內史書法古今推第一

李密 字令伯蜀人

吳隱之 字處默晉義熙中度支尙書

陶淵明 字元亮長沙桓公侃之曾孫晉末爲彭澤令棄官賦歸去來辭劉裕簒晉遂不仕更名潜宋元嘉中卒諡靖節先生

宋

謝靈運 晉康樂公玄之孫襲封元嘉中爲永嘉守

謝玄暉 名朓長於五言仕爲尙書郞

齊

孔德璋 名稚珪仕爲都官尙書

梁

沈休文 名約篤志好學仕梁武帝受禪拜尙書僕射

曹景宗 字子震梁武帝朝爲右衛將軍

唐

王勃 字子安絳州龍門人高宗朝對策高第因作沛王鬪鷄被斥終朝散郞省父南海溺死

宋之問 字延清汾州人武后時求爲北門學士不許中宗時修文館博士

岑參 參音驂○鄧州人時稱岑庫部後守嘉州號岑嘉州

王維 字摩詰太原人開元中爲尙書左丞

崔顥 顥音浩汴人

李白 字太白隴西成紀人天寶初賀知章言於上召見金鑾殿賜食詔供奉翰林後坐永王璘事長流夜郞

杜子美 名甫襄州人天寶末奏賦玄宗奇之待制集賢院肅宗立上特拜右拾遺流落劍南嚴武表參謀檢校工部員外郞

韋應物 周逍遙公夐之後代宗時蘇州刺史時稱韋蘇州

王翰

高適 字達夫渤海人擧有道仕蜀兩川節度召拜散騎常侍五十始爲詩

張藴古

元結 字次山江夏人仕至容管經略使綏定八州

柳子厚 名宗元本河東徙吳元和中爲柳州刺史號柳州

韓退之 名愈昌黎人以六經之文爲諸士倡仕至吏部侍郎謚文公封昌黎伯

孟郊 字東野湖州武康人貧居苦吟五十第進士溧陽尉與元鄭餘慶辟參謀

李長吉 名賀鄭王後憲宗時協律郎

元微之 名稹河南人與居易齊名時稱元白

白樂天 名居易先太原人徙下邽元和對策乙等遷左拾遺貶江州司馬久之入知制誥會昌初刑部尙書

吳融 字子華越州山陰人

李紳 字公華武宗朝相

盧仝 洛陽人號玉川子

劉禹錫 字夢得中山人順宗時附王丕王叔文憲宗立貶朗州司馬入爲主客郎中會昌初禮部尙書

杜牧之 名牧京兆人太和初進士會昌中中書舍人時稱杜紫微

李華 字遐叔

李漢 韓公之壻

李鄴 鄴音業

陸魯望 名龜蒙姑蘇人擧進士不第居松江甫里時謂江湖散人號天隨子

高駢 字千里幽州人

聶夷中 字子之河東人唐末進士

宋

王元之 名禹偁濟州鉅野人眞宗朝知制誥

魏野 字仲先居洛東郊寇萊公鎭洛三邀不至遂爲刺訪之

范希文 名仲淹慶曆中參大政謚文正公

李泰伯 名覯盱江人

孫明復 名復居泰山之陽通春秋學仁宗徵爲國子監直講又拜武英閣說書

王安石 字介甫臨川人熙寧中拜相變新法號半山封荆公

歐陽永叔 名脩廬陵永豊人守滁州號醉翁晚居潁號六一居士嘉祐中參大政謚文忠公

蘇明允 名洵號老泉東坡父

蘇子瞻 名軾眉山人號東坡嘉祐甲科元豊二年謫黃州元祐初召入翰林遷內翰紹聖元年南遷

蘇養直 名庠趙郡人家京口

周茂叔 名敦頤舂陵人二程之師學者稱濂溪先生

程正叔 名頤河南人學者稱伊川先生

張子厚 名載關西人學者稱橫渠先生

邵康節 名雍字堯夫洛陽人不仕深於易理贈秘書省著作郎

司馬溫公 名光字君實涑水人宋元祐賢相謚文正

曾子固 名鞏盱江人號南豐先生元豐中爲中書舍人

黃山谷 名庭堅字魯直豫章人元祐太史呂居人稱爲江西詩祖謚文正

陳後山 名師道字無已元祐中以薦授徐州教授

張文潛 名耒宛丘人蘇門四學士之一

柳屯田 名永字耆卿長於詞景祐登第爲屯田員外郎

呂與叔 名大臨橫渠高弟元祐初爲講書

蘇叔黨 名過東坡幼子善爲文士大夫以少坡目之

唐子西 名庚瀘州人紹興中提學常平號魯國先生

韓子蒼 名駒陵陽人徽宗朝徽猷待制陵陽今隆州

邢敦夫 名居實恕子有文名早夭

謝幼槃 名邁溪堂弟號竹友先生臨川人

馬子才 名存扶風人

文天祥 字宋瑞號文山廬陵人寶祐壯元德祐初拜右相封信國公奉二王入潮廣兵敗被執不屈死

謝疊山 名枋得字君直廣信人

朱晦庵 名熹字元晦新安人徙建安宋紹熙中煥章待制贈太師謚文公

僧無本 名島字浪仙初爲僧居法乾寺號無本後還俗宣宗御札除遂州長江簿

原本備旨懸吐註解 古文眞寶前集卷之一

前進士宋伯貞音釋
後學京兆劉剡校正

勸學文

眞宗皇帝勸學 名恒、宋太宗之子、言人能勤學、則榮貴後、自有良田好宅僕從妻妾之奉也

富家不用買良田하라 書中自有千鍾粟이라 量名、六斛四斗曰鍾、千鍾、計六千四百斛、 安居不用架高堂하라 書中自有黃金屋이라 漢武故事、漸臺、高三十丈、飾以黃金縷屋上 出門莫恨去痕無人隨하라 書中車馬多如簇이라 入聰 娶妻莫恨無良媒하라 音梅○詩南山、娶妻如之何、匪媒不得 書中有女顏如玉이라 詩、其人如玉、 男兒欲遂平生志ㅣ댄 六經勤向窓前讀하라 六經、謂易詩書禮記周禮春秋也

仁宗皇帝勸學 名禎、宋眞宗之子、謂人而不學、雖草木禽獸糞壤、不如也

朕觀無學人은 朕我也、惟天子得稱 無物堪比倫이오 等也 若比於草木에 草有靈芝하고 瑞草、瑞命記曰、王者慈仁則生 木有椿이오 木名、莊子、上古有大椿者、以八千歲爲春、八千歲爲秋、○草中尙有芝之瑞、木中尙有椿之耐 若比於禽獸에 禽有鸞鳳하고 神鳥羽蟲之長、鳳、鷄頷蛇頸燕頤龜背魚尾、高六尺、羽備五色、見則天下太平、飛則群鳥隨之、鸞亦鳳類、 獸有麟이오 仁獸、毛蟲之長、麕身牛尾馬蹄一角、角端有肉、不踐生物、不履生草、王者至仁、麒麟乃出 若比於糞土에 糞滋潤也 五穀하고 稻黍稷菽麥也 土養民하니 世間無限物이 無比無學人이라

司馬溫公勸學歌 司馬公名、光 父主擇師、師主敎導、二者兼盡、勉而學之、子之責也、

養子不敎父之過오 失也差也 訓導 音道引也、引之於善 不嚴師之惰ㅣ라 徒臥反懶也 父敎師嚴兩無外하면 學問無成子之罪라 煖衣飽食居人倫하고 孟子、滕文公、人之有道、飽食煖衣逸居而無敎、則近於禽獸、聖人有憂之、使契、爲司徒、敎以人倫、父子有親、君臣有義、夫婦有別、長幼有序、朋友有信 視我笑

談如土塊라 古對反 攀高不及下品流하야 稍遇賢才無與對ㅣ니 勉後生力求誨하고 投明師莫自昧하라 一朝雲路 人仕宦爲登雲路 果然登이면 姓名亞 次也 等 輩也 呼先輩라 室中 男以女爲室 若未結親姻이면 音因 自有佳人求匹配하리라 勉 音免強力也 旃 諸延反○語助辭之也 汝等은 各早脩하야 莫待老來徒自悔하라 勸勉汝等、各宜及早脩學、毋等老來、悔之無及

柳屯田勸學文

柳公名、永 養子必敎、敎則必勤、學則庶人爲公卿、否則胄子爲庶人、

父母養其子而不敎면 是不愛其子也오 雖敎而不嚴이면 是亦不愛其子也오 父母敎而不學이면 是子不愛其身也오 雖學而不勤이면 是亦不愛其身也ㅣ라 是故로 養子必敎하고 敎則必嚴하고 嚴則必勤하며 勤則必成이니 學則庶人之子ㅣ 爲公卿하고 三公九卿 不學則公卿之子ㅣ 爲庶人이니라 人知勤學則賤者可使之貴、苟不知學、則貴者反爲賤矣、

王荊公勸學文

名安石、字介甫宋朝人、好學官至丞相

讀書不破費하고 讀書人、不用破所費 讀書萬倍利하며 自萬倍、有無窮利用 書顯官人才하고 能修讀文才愈顯達○詩、棫樸、文王能官人也 書添君子智하니 能讀書、愈增其智慧 有卽起書樓하고 有力、卽便架樓藏書唐、田弘正、起樓聚書 無卽致書櫃니라 歸去○無力者、作書櫃藏之、勿令蠹毁 窓前看古書하고 螢窓雪案間、宜勤看古昔賢聖之書 燈下尋書義하라 當燈火稍可相親之際、宜搜尋書中意義、 貧者因書富하고 貧乏者、知勤書、由此可致千金之富、 富者因書貴하며 富足者、知勤學、榮貴由此而興、 愚者得書賢하고 本性愚昧、敎以書則自成賢人 賢者因書利하니 賢人、加以勤學則因讀書、富貴利益 只見讀書榮하고 荊公云讀書者、只見身榮貴顯 不見讀書墜라 推去○荊公云、讀書人、未嘗見其敗毁、 賣金買書讀하고 當貨賣家藏之金、以收致書籍 讀書買金易라 音異○讀書榮達後、買金又何難焉、 好書卒難逢이오 天下好書籍、驟然難遇見 好書眞難致니 應好書籍眞箇未易收致 奉勸讀書人하야 荊公勸勉世人修讀 好書在心記하라 若見好書、當留心記取、不可忘也

白樂天勸學文

樂音洛姓白名居易唐人

有田不耕이면 倉廩虛고하(人有田不耕種、則無穀可收、故倉廩空虛) 有書不敎면 子孫愚니하(人有子孫、不敎之讀書、則爲愚夫) 倉廩虛兮여 歲月乏고하(倉廩空虛、無儲蓄、則度歲月必匱乏) 子孫愚兮여 禮義疎라(子孫不學愚魯、則於禮義、必乖疎、) 若惟不耕與不敎면(若惟是有田不耕、與有子不敎) 是乃父兄之過歟ㄴ저(乃爲父兄之過)

朱文公勸學文(謂人之爲學、當勉勵進修、不可因循苟且)

勿(禁止辭不可也) 謂今日不學而有來日고하 勿謂今年不學而有來年라하 日月逝(音誓去也往也)矣오 歲不我延이니 嗚呼老矣라 是誰之愆고(音騫、過也、○老而不學、悔將何及)

符讀書城南　韓退之

(符、韓公子、小字、後更名、長慶中及第、爲集賢校理、○韓昌黎先生、有子名符、讀書於郡城之南、作此篇勉之、盖欲學者、知學則爲君子、不學則爲小人耳)

木之就規(爲圓之器) 矩난(爲方之器○凡木之成就於規圓矩方也) 在梓(音紫) 匠(檣去聲) 輪輿고하(梓人、匠人、木工也、輪人、輿人、車工也、俱攻木之工也、事見周禮) 人之能爲人은 由腹(音福) 有詩書ㅣ니(自其胸次之間、有詩書充實之美、) 詩書勤乃有고하(誦詩讀書勤乃有得) 不勤腹空虛라(若不專勤、則心腹空空如也) 欲知學之力인댄 賢愚同一初라(賢智愚昧、同此有生之初、初者本然之性也) 由其不能學이면 所入遂異閭ㅣ니(音驢○所以遂異其門閭) 兩家各生子야하 提(音題) 孩(亥平○可提抱、知孩笑) 巧相如고하 少(上聲) 長(上聲) 聚嬉(音希) 戲에(希去○稍稍長大、則相聚嬉遊戲翫) 不殊同隊魚라(不殊於水中同隊之魚) 年至十二三에 頭角稍相疎고하(學者嶄然露頭角、稍稍與不學者、相疎外矣) 二十漸乖張에 淸溝(音句) 映(音應) 汙(音烏) 渠하고(音璩○如淸瑩之溝、映汙濁之渠) 三十骨骼(音格) 成에 乃一龍一豬라(於是其一學者、如神龍之有變化、一不學者、則如猪畜之無變化也) 飛黃(駿馬名) 騰踏(談入) 去고하(龍馬飛黃、騰踏顯達而去、) 不能顧蟾(音詹又時占反) 蜍라(音殊、駑馬也、譬如人、學與不學、學者騰達而去、不能顧其駑馬也、舊註以爲水滴者誤) 一爲馬前卒야하(邊入○其不學者、爲馬前至賤之走卒、) 鞭(音邊) 背生蟲(直弓反) 蛆고하(七余反○有過則受鞭背之刑、肉腐則生蟲蛆之惡、) 一爲公與相야하(去) 潭潭(深遠之貌) 府中居라(潭潭、大府之中居處)

問之何因爾오 學與不學歟ㅣ라 金璧雖重寶나 黃金碧玉、雖貴重之寶、 費用難貯 除上 儲요 音除○然耗費用度、難以收貯儲藏 學

問藏之身하야 身在則有餘라 此身在則學問自有餘用、 君子與小人이 不繫 音係 父母且ㅣ오 子魚反○不關係於父母生我之時、在人學與不學耳 不

見公與相이 去 起身自犂鋤라 起身自田家 不見三公後아 大臣也、周以太師太傅太保、爲三公、宇文周宋元因之、後漢至唐、以太尉司徒司空爲三公、豈不見三公之後子孫 寒

菑田一歲畬田三歲

饑 音箕 出無驢라 寒凍飢餓、出無驢馬可乘 文章豈不貴아 經訓乃菑 音玆 畬라 音余○經學之教訓、乃所以敷菑畬田者也 潢 音黃 潦 音老 無

根源하니 潢、停蓄之水、潦、驟至之水、 朝滿夕已除라 早朝滿溢、夕已除蕩、 人不通古今이면 馬牛而襟 音衿 裾요 音居○如馬牛獸畜之無所知、而被服世人之襟

裾也、○襟袍之前袂、衣後曰裾 行身陷不義면 行於身者、尚且陷失於不合義理、 況望多名譽아 況可得芳名美譽者也哉 時秋積雨霽하고 秋雨初霽 新涼入

郊 音交 墟에 音區○新涼、入於郊野丘墟、 燈火稍可親이오 短檠燈火、稍可親近、 簡編 古者無紙、以竹簡寫而以熟皮編之、故曰簡編 可卷 上聲 舒ㅣ니 簡卷編帙、可卷可舒 豈

不旦夕念가 平旦日夕、致其念慮 爲 去聲 爾惜居諸ㅣ라 爲爾愛惜日居月諸、無廢學問也 恩義有相奪이니 閭門之情、以恩掩義、師友之嚴、以義掩恩、私恩失義、無久遠之理、有相奪

之、期 作詩勸躊 音儔 躇하라 音廚○故作此詩勸之

五言古風短篇

康節名雍

清夜吟　　邵康節

月到天心處오 風來水面時라 言道之全體、中和之妙用、自得之樂、少有人知此味也、 一般清意味를 料得少人知라

四時　　陶淵明

春水夏雲秋月多松、足以盡四景之奇象、

春水滿四澤이오 夏雲多奇峯이리 秋月揚明輝하고 冬嶺秀孤松이라

江雪　柳子厚

千山鳥飛絶이오 萬逕人蹤滅이라 孤舟簑笠翁은 獨釣寒江雪이라

山無飛鳥、路無行人、此雪景也、孤舟獨釣、見得是江天雪、

訪道者不遇　僧無本

松下問童子하니 言師採藥去라 只在此山中이나 雲深不知處라

童子、言師入山採藥、白雲深處、無蹤尋覓、

蠶婦　無名氏

昨日到城郭하야 歸來淚滿巾이라 遍(音變)身綺羅者는 不是養(如字)蠶(七咸反)人이라

出城歸家、有感下淚、見不蠶者、皆衣羅綺、不知養蠶之辛苦也、

憫農　李紳

鋤禾日當午하니 汗(音翰)滴(音的)禾下土라 誰知盤中飧(音孫 熟飯)이 粒粒(音立)皆辛苦오

農家、當暑耘耨、流汗浹於田泥、人知食其粟、安知耕稼之苦哉、憫憂念其勞也、

讀李斯傳(去聲)　李鄴

斯、楚人、入秦相始皇、罷侯置守、焚詩書、峻刑法、天下怨毒、始皇死、不發喪、矯詔殺太子扶蘇立胡亥、天下大亂、斯、夷三族○謂李斯壅蔽以欺其君、自取刑禍、不能欺天下

欺暗(謂人所不知而己獨知之者)常不然커면 欺明(謂人所皆知之者)當自戮(音陸)이라 難將一人手하야 掩(上炎)得天下目이라

王昭君　李太白

王嬙、下嫁單于、臨行上馬、淚濕紅粧、今日漢之妃、明日胡之妾

昭君拂玉鞍하야(音安) 上馬啼紅頰이라(音劫 瞼也) 今日漢宮人이 明朝胡地妾이라

劍客　賈島

借物比喩、幾年問學成材、一旦得君、常爲朝廷、斥去姦邪、

十年磨一劍하야 霜刃未曾(音層)試라 今日把贈君하니 誰有不平事오(誰敢有不平之事)

七步詩　曹子建

魏文帝、令弟曹植、七步成詩、如不成、行大法

煮(音主)豆燃(音然 燒也)豆萁하니(音基、豆莖也、豆者、子建自喩、豆萁喩文帝也、) 豆在釜(音父)中泣이라(豆在釜中、聲如涕泣之狀、) 本是同根生으로(文帝與子建、同父、猶其與豆、同根而生也) 相煎何太急고(相煎逼何太甚)

競病韻　曹景宗

魏兵圍會稽、景宗解圍、振旅還、帝於光華殿、宴、令沈約、賦韻聯句、時用韻已盡、惟餘競病二字、景宗、援筆立成、武帝嗟嘆

去時兒女悲러니 歸來笳(音加 蘆葉吹)鼓競이라(京去) 借問行路人하노니 何如霍去病고(漢武帝時大將軍)

貪泉　吳隱之

在廣州、相傳飲此水者貪、隱之、爲太守、飲水賦詩、淸操愈厲、改名廉泉

古人云此水호대 一歃(山洽反 飲也) 懷(思也) 千金이라 試使夷齊飲이면(伯夷、叔齊、孤竹君二子父將死、遺命立叔齊、及卒、叔齊讓伯夷、伯夷曰父命也、遂逃去、叔齊亦不立而逃之、武王、伐紂、夷齊、叩馬而諫、武王、滅商、夷齊、耻食周粟、去隱于首陽山、遂餓而死、孟子曰、伯夷聖之淸者也) 終當不易心이라(易音亦改變也○今廉泉上、立亭曰不易心、取隱之詩中語也、有碑)

商山路有感　白居易

萬里路長在터니(迢迢萬里路長在也) 六年今始歸라(三年一番得歸) 所經多舊舘이나(向日所經之亭舘) 太半主人非라(太半皆非舊時人矣)

金谷、石崇所居也

金谷園　無名氏

當時歌舞地에 當日於此園中歌舞 不說草離離러니 豈知今日離離生草 今日歌舞盡하니 樂極悲生 滿園秋露垂라 秋路垂垂爲之涕泣

春桂問答二　王維

王維、設爲問答之辭、問桂曰、春光明媚、桃李芳華、桂何爲而不花、桂、答之曰、桃李、雖華姸於春光明媚、不如桂、獨秀於風霜搖落之時、托物喩人也

問春桂호대 桃李正芳華라 年光隨處滿커늘 何事獨無花오

春桂答호대 春華詎音巨 能久오 風霜搖落時에 獨秀君知不아 方九反弗也

遊子吟　孟郊

慈母手中線이 慈者仁愛也故謂之慈母 遊子身上衣라 遊子將有行役、母爲縫衣、 臨行密密縫은 音逢 意恐遲遲歸라 難將寸草心하야 遊子自謂、難將寸心之上 報得三春暉라 春暉、陽春和氣也、所以發育草木者、故比慈母

子夜吳歌　李太白

乃樂府曲名、皆言相思之情也、子夜、夜中也、吳、今豫章以東至浙西、皆吳地

長安 今京兆、古雍州、漢隋唐建都之地 一片月에 萬戶擣 音禱與擣同 衣聲이라 戍婦、擣衣於月下 秋風吹不盡하니 總是玉關情이라 後漢班超居西域三十年、以老思歸、願生入玉門關、關在今沙州之西、蒲昌海之東、關外、皆係西域諸國也、 何日平胡虜하고 音魯○期望胡虜早平 良人罷遠征고 良人謂夫、得罷征役也

友人會宿

良朋邂逅、飮酒消愁、月下高談、不能寤寐、

滌音直 蕩當去 千古愁하고 留連白壺音胡 飮이라 良宵宜且談이니 皓月未能寢이라 侵上 醉來臥空山하니 天地卽衾 音金被也 枕이라 上聲○即劉伶、幕天席地之意、非襟懷曠達者、不能此也

雲谷雜詠　　朱晦庵

野人載酒來하야 農談日西夕이라 雲谷、在考亭之西三十里、乃朱子讀書之處 載酒來訪農家、日已向西 此意良已勤하니 感歎情何極고 歸去莫頻來하라 林
深山路黑이라 山深、恐人相過、以此謝客

傷田家　　聶夷中

孫光憲、謂此詩有三百篇之旨、

二月賣新絲오 二月借貸以納官、而約以絲還償之、是二月而已賣新絲矣 五月糶新穀이라 五月借貸以納官、而約以穀還償之、是五月而已糶新穀矣 醫音依 得眼前瘡이나 音倉
剜烏丸反 刻削也 却心頭肉이라 絲成穀熟之日、賤價而倍還、皆爲他人所有、是剜却心頭肉矣 我願君王心이 我願望君王之仁心 化作光明燭하야 變化作光
〇聊以寬目前之急
明之燈燭 不照綺音啓 羅筵하고 音延 徧音變 照逃亡屋이라 不照於綵綺絲羅之筵席要周徧照見逃亡之屋也

時興去聲　　楊賁

感時寄興、言貴顯之人昔日未貴顯之時

貴人昔未貴할제 咸願顧寒微러니 貧賤〇莫不願欲恤寒貧微賤之人 及自登樞要로 樞、戶樞也、開閉由戶、故居當路者、爲樞要之職、 何曾音層 問布
衣오 身貴已登樞要之位、又豈復問布衣微賤之人、此言知有己、不知有人也、 平明登紫閣하고 天子之閣言紫闥闥紫殿 日晏晚也 下彤音同赤色 闈라 宮中門〇早登紫宸殿閣、晚出彤闈之門、
其爲貴也、自若 擾擾音杳 路傍子는 無勞歌是非하라 路傍之遊子、又何必較論誰是誰非也

離別　　陸魯望

丈夫非無淚로대 累去 不灑離別間이라 大丈夫、豈如兒女、離別時態、有淚洒其間也 仗倚也 劍對樽音尊酒器 酒하니 仗劍對酒精神自奮 耻爲游子

顏이라 羞作遠遊之子、有戚戚之顏貌、 蝮 音伏卽虺也 螫人多死 蛇一螫 音釋傷也 手면 壯士疾 速也 解腕이라 烏貫反○人遇毒蛇之螫、能忍痛割去螫處、則不害於身、○剛毅決裂之性、如毒蛇傷手、急須斷其手腕、恐毒入其身也、 所思在功名하니 離別何足歎고 大丈夫之志、在於功名、離別何足歎息

古詩　無名氏

客從遠方來하야 以合歡被、譬喩故人相與之情、如以膠投漆之固、不能釋然也、○本十句一端綺下、有相去萬餘里、故人心尙爾二句 遺我一端綺라 綺、繒綉綵錦、一端、一段也、 文綵雙鴛鴦을 裁 音才 爲合歡被라 卽今之夾被也 著 展呂反謂充之以絮 以長相思하고 緣 去聲飾邊也 以結不解라 以膠 音交 投漆中하니 膠漆、如雷陣膠漆之義、取其堅固也 誰能別離此오

歸園田居　陶淵明

言小人多而君子少

種豆 漢楊惲、廢黜作詩、曰田彼南山、蕪穢不治、種一頃豆、落而爲萁、淵明之意蓋出於此、皆托意高遠 南山下하니 草盛豆苗稀라 侵晨理 治也 荒穢하고 草也○言田園種豆、在於去穢草、如朝廷用賢、在於去小人、 帶月荷 胡可反 鋤歸라 道狹草木長하니 上聲 夕露沾我衣라 衣沾不足惜이오 但使願無違라 東坡曰以夕露沾衣之故、而違其所願者多矣、

問來使

使去聲、將命者、此非淵明詩、

爾從山中來하니 早晚 早耶晚耶、周賀日詩、西城早晚來 發 啓行也 天目이라 山名、在今杭州、淵明未嘗到 我屋南山下에 今生幾叢 音淙 菊고 薔 音墻 薇 音微 葉已抽오 秋蘭氣當馥이라 音福 歸去來山中하면 山中酒應 平聲當也 熟이라 陶淵明、心在歸隱、因來使而問南山之菊、山中之酒

右軍、羲之也

王右軍 李太白

右軍本淸眞하니 瀟洒在風塵이라 山陰(越州會稽山北、北山日陰、今紹興府郡名) 遇羽客하니(道士) 要(平聲) 此好(去聲) 鵝賓이라 掃素(古以帛書故稱素、今用紙亦通稱素、) 寫道經하니 筆精妙入神이라 書罷籠鵝去하니(山陰有道士、好養鵝、羲之往觀、求而市之、道士云、爲我寫道經、擧群相贈、羲之寫畢、籠鵝而歸) 何曾別主人고

對酒憶賀監二首

(唐賀知章、字季眞、開元中、遷禮侍、兼集賢大學士、天寶中、乞爲道士、以宅爲千秋觀、與之居、)

四明(今慶元府) 有狂客하니 風流賀季眞이라 長安一相見하고(長安京兆府也) 呼我謫仙人이라(知章、在紫極宮、一見呼白爲謫仙、謫降也) 昔好(去聲) 盃中物더니(酒也) 今爲松下塵이라 金龜換酒處에(知章、見李白、因解金龜換酒、盡歡而罷) 却憶淚沾巾이라

又

狂客歸四明하니(事見前註) 山陰道士迎이라 勅賜鏡湖水하야(鏡湖在山陰○按賀知章、自號四明狂客、因請爲道士、還鄕里、詔賜鏡湖剡川一曲、) 爲君臺沼榮이라 人亡餘故宅하니 空有荷花生이라 念此杳(遠也) 如夢하니(思之杳然如夢) 凄然傷我情이라

送張舍人之江東

(舍人、官名、江東、今建康太平寧國徽池等處)

張翰江東去하니 正値秋風時라 天淸一雁遠하고 海闊孤帆遲라 白日行欲暮고 滄波杳難期라 吳洲如見月커든 千里幸相思라

戲贈鄭溧陽

(溧陽、金陵縣名○鄭姓爲溧陽令、太白高尙其志、自得酒中之趣、笑傲流俗、自以淵明比方也)

陶令日日醉하야 陶淵明、爲彭澤令 不如五柳春이라 陶潛、門前種柳五株、自號五柳先生、 素琴本無絃하고 音玄○陶淵明蓋素琴一張、徽絃不具、每撫而和之曰、但得琴中趣、何勞絃上聲、

漉 音祿瀝也 酒用葛巾이라 王弘、使郡將侯之、値陶潛、酒熟乃取頭上葛巾、漉酒、還復戴之、 淸風北窓下에 自謂羲皇人이라 陶潛、夏月虛閑、高臥北窓之下淸風颯至、自謂羲皇上人、

何時到栗里하야 在江州、陶淵明所居之地 一見平生親고 太白、謂幾時得到鄭公所居之栗里、一見平生契耆之親

嘲王歷陽不肯飮酒

嘲陟交反、謔也、歷陽、今和州縣、

地白風色寒하니 雪花大如手라 笑殺陶淵明이 不飮盃中酒라 以陶淵明、比方王歷陽、 浪 猶謾也虛也 撫一張琴하고 虛栽五株柳라 空負頭上巾하니 三事並見上註 吾於爾何有오 語何有於我哉、太白、謂旣不飮酒、語則虛負張琴五柳與葛巾耳、

紫騮馬

紫騮 音留○韓詩註、赤馬黑鬣 行且嘶하고 音西 雙翻碧玉蹄라 臨流不肯渡하니 似惜錦障泥라 馬韉也、晉王濟、乘馬、不肯渡水、曰馬必惜連乾錦障泥、去之、乃渡、杜預曰、濟、有馬癖 白雪關山遠하고 黃雲海戍 守邊城者說文、從人負戈 迷라 揮鞭萬里去하니 安得念香閨오 乘戍於關山之遠、寧惜春閨之人乎、

待酒不至

太白、沽酒以待賓、久而酒不至、故賦此詩、以寄興耳

玉壺繫 音計 靑絲러니 沽 音孤 酒來何遲오 山花向我笑하니 正好銜 音含 盃時라 杜、前生相遇且銜盃、 晩酌東山下하니 流鶯復在玆라 春風與醉客이 今日乃相宜라 得酒之遲、晩酌於東山之下、猶及春風流鶯囀和之時也、

遊龍門奉先寺

杜 子 美

龍門、在西京河南縣、名闕寒山、一名伊闕

已從招提梵歷寺之有常住也遊러니 更宿招提鏡이라僧史、後魏始光元年、創立伽藍、爲招提之地、 陰壑抗人幽澗也 生靈一作虛 籟하니音賴、竽笙之屬、莊子、汝聞人籟而未聞地籟、汝聞地籟而未聞天籟、蓋謂凡有聲者 月林散淸影이라梁昭明太子詩、月落林餘影 天闕象緯象、星之垂象於天者、緯、五星也、不言經星者、省之、 逼하니庚肩吾時、侵雲似天闕 雲臥衣裳冷이라孟浩然詩、雲臥晝不起 欲覺音敎 聞晨鍾하고更信詩、山寺響晨鍾 令人發深省이라令音靈省息井反察也悟也○陶淵明、聞遠公議論人曰令人、頗發深省、

戲簡鄭廣文兼呈蘇司業

廣文、名虔、玄宗、愛其才、置廣文館、以爲博士、司業、國子學官、名、源明、能詩、肅宗朝知制誥

廣文到官舍하야 繫馬堂階下라 醉卽騎馬歸하니山簡傳、日暮倒載歸、酩酊無所知、時時能騎馬、倒著白接䍦、 頗坡上 遭官長上聲 罵라 才名三十年에 坐客寒無氈이라音旃○吳隱之、爲度支尙書以竹蓬爲屏風、坐無氈席、三十年、引此言虔之貧約 近有蘇司業하야 時時與酒錢이라虔、始爲廣文館學士、性嗜酒、不治事、數爲官長所誚、恬然不以爲意、至貧寒、惟蘇源明、重其才、乃時時給餉之、

寄全椒山中道士　韋應物

全椒、滁州縣、韋、時爲州刺史

今朝郡齋冷하니郡守之齋也、唐人稱郡治爲郡齋也、 忽念山中客이라 澗底束荆音經 薪하고音新 歸來煮白石이라陶隱居、眞誥云、辟穀入山、當煮白石、皆白石子以下爲糧、抱朴子內篇云、引石散、以方寸七投一斗白石子、以水合煮之、立熟如芋、可食以當穀、○荆者木也、薪者柴也、白石煮之、如芋可食也、思道士、東澗薪、來煮白石之藥、 遙持一盃酒하야 遠慰音畏 風雨夕이라韋詩、何時風雨夜、復此對床眠、 落葉滿空山하니 何處尋行迹고詩謂、坐郡齋而思憶道士山中之樂、何時持酒、慰此牢落、但見落葉遍山而道士不見爾

和韋蘇州詩寄鄧道士　蘇東坡

坡、自序云、羅浮山、有野人、相傳葛稚川之隸也、鄧道士、守安、嘗於庵前、見其足跡長二尺許、以酒一壺、依蘇州韻作寄之、

一盃羅浮春을羅浮春、先生所造酒名也、以惠州見羅浮山而得名、 遠餉饋也 採薇音微 客이라伯夷叔齊、採薇於首陽山 遙知獨酌罷하고 醉臥松

下石이라 幽人不可見이되 淸嘯 蹙口出聲 聞月夕이라 晋劉琨、爲胡騎所圍、乘月登樓淸嘯 聊戲庵中人하니 空飛本無迹이라 柳子厚詩 飛鳥無遺跡

足柳公權聯句

公權、字誠懸、唐文宗時、翰林書詔學士、與上聯句、命題于殿壁、字徑五寸、上歎曰鍾王無以加也、東坡、以文宗前二句、公權後二句、君臣四句之中、皆有美、而無箴戒、故足爲八句、其忠君愛民之意、深矣

人皆苦炎熱호대 我愛夏日長이라 薰風自南來하니 殿閣生微凉이라 此四句、公權與唐文宗聯句、言日長風凉之盛、有美無箴、 一爲居所移하야 本孟子居移氣語、言居尊位者、享天下之樂、而不念民生之苦 苦樂 音洛 永相忘이라 願言均此施하야 去聲與也惠也 淸陰分四方하라 此四句、乃子瞻、足成其篇、獨拳拳於淸陰分四方之事、有望於上人之恩施者、深矣

子瞻謫海南 蘇東坡、謫惠州儋州 黃山谷

謫、貶官遠居也、海南、瓊崖儋萬四州也、崖、今爲吉陽軍、儋、今南寧軍、萬、今萬安軍、紹聖甲戌、東坡謫授寧遠軍節度副使、惠州安置、坡居羅浮、有詩云、報道先生春睡美、道人休打五更鍾執政怒之、再貶儋州也、時宰、章惇子厚也、

子瞻謫海南하니 時宰欲殺之라 飽喫惠州飯하고 細和 去聲 淵明詩라 彭澤千載人이오 陶潛作彭澤令 東坡百世士라 子瞻可爲百世之士 出處雖不同이나 氣味乃相似라 子瞻之氣味、與淵明相似

少年子 李太白

識當時少年豪俠子弟、挾彈馳馬、醉臥於瓊樓、曾有夷齊守節之志否、

靑春少年子가 挾彈章臺左라 鞍馬四邊開하니 突 徒弗反 如流星過라 金丸落飛鳥하고 夜入瓊樓臥라 夷齊是何人으로 獨守西山餓오

金陵新亭

金陵、漢改秣陵、吳改建業、東晋改建康、隋改昇州、宋復改建康、元文宗改集慶、今爲應天府、吳東晋宋齊梁陳南唐建都之地、元建江南諸道行御史臺於此、故俗猶稱南臺云、

金陵風景好하니 豪士集新亭이라 擧目山河異하니 或作江河者非 偏傷周顗 晉顗字伯仁、山東人、東晉永昌初、僕射 情이라 四坐楚囚悲하고 不憂社稷傾이라 王公 名導字茂弘瑯琊人相元帝中興始興謚文獻公 何慷慨오 按王導傳、過江人士、每至暇日、相邀出新亭、飮宴、周顗、中坐而嘆曰、風景不殊、擧目有山河之異、皆相視流涕、惟導、愀然變色曰、當共戮力王室、克復神州、何至作楚囚相對而泣耶、衆收淚謝之、 千載仰雄名이라

原本備旨懸吐註解 古文眞寶前集卷之一 終

原本備旨懸吐註解 古文眞寶前集卷之二

五言古風短篇

長歌行 沈休文

此篇、托物比興、謂露中之葵、遇春而發生、至秋而凋落、喩人之少壯、若不勉力功名、徒傷悲於遲暮之時、則亦無及矣、

青青園中葵는 音逵 朝露待日晞라 音希乾也 陽春布德澤하니 萬物生光輝라 萬類、得陽春而發生、喩人少壯 常恐秋節至하야 焜 魂上 黃華 花同 葉衰라 至秋而華葉焜黃、喩人之老景也、 百川東到海하니 何時復西歸오 百川水、東流至海、無復返流、喩人旣老而不復少壯 少壯不努 奴上 力이면 老大徒傷悲라

雜詩 陶淵明

陶淵明、作此、以詠其幽居之趣、心遠地偏、眞樂自得於心、不待形之言也、

結廬 音閭 在人境하니 而無車馬喧이라 問君何能爾오 心遠地自偏이라 採菊東籬下하니 悠 音由 然見南山이라 東坡曰、採菊之次、偶然見山初不用意、而景與意會、 山氣日夕佳하니 飛鳥相與還이라 此間有眞意하니 欲辨已忘言이라

雜詩 亦古詩之流也

秋菊有佳色하니 裛 於及反 露掇 拾取也 其英이라 離騷、夕餐秋菊之落英、 汎此忘憂物하야 忘憂物乃酒也 遠我遺世情이라 歸去來辭、請息交以絶游、世與我而相遺、 一觴 音祥酒器 雖獨進이나 盃盡壺自傾이라 日入羣動息하니 通曆、日出而作、日入而息、 歸鳥趨林鳴이라 嘯 音笑 傲 敖去 東軒下하니 聊復得此生이라 以無事自適、爲得此生、則見役於物者、非失此生耶、

擬古

日暮天無雲하니 春風扇微和라 言一時之景也 佳人美淸夜하야 達曙酣 呼甘反醉也 且歌라 佳人、自夜達且、酣歌燕飮 歌竟長

歎息하니 持此感人多라 有感而作是詩 皎皎 音皦 雲間月이오 灼灼 音勺 葉中華라 少年、如花開月明、一時之美盛 豈無一時好리오 不久當如何오 年老、如花凋月蝕、則不能久也

鼓吹曲 此篇形容金陵帝都之盛

吹、去聲、鼓吹、軍中之樂爾雅、徒歌謂之吹、

謝玄暉

江南佳麗地오 金陵帝王州라 逶 於危反 迤 音移 帶 猶暎也 綠水하고 逶迤斜去貌 迢 音超 遞 音弟 起朱樓라 迢遞遠貌 飛甍 音萠屋棟 夾馳 音池騁也 道오 垂楊蔭御溝라 凝笳 笳聲多而凝聚 翼 左右夾侍 高盖하고 疊鼓 非一鼓也 送華輈라 音舟轅也 獻納雲臺表하니 後漢明帝、永平三年、圖二十八將於南宮雲臺、以鄧禹爲首 功名良可收라

和徐都曹

鋪張宛洛、春日遊觀之勝槩、○和去聲、聲相應也、作者爲唱、答者爲和、魏晉至唐、和意而已、至晚唐李益盧綸、始和韻、徐都曹中都曹也、八座之一、

宛 平聲南陽縣、光武、生南陽白水鄕、中興功臣、多帝鄕親舊、故其地繁盛、 洛 今河南府、後漢都焉、玄暉以宛洛、比金陵、 佳遨遊하니 春色滿皇州라 結軫 眞上 靑郊路하고 軫車後木 回瞰 音闞視也 蒼江流라 日華川上動하고 風光草際浮라 桃李成蹊 音奚 徑하고 小路 桑榆 音俞 蔭道周라 路曲 東都已俶 始也 載하니 去聲事也 言歸望綠疇라 音綢

遊東園 形容東園之佳致

戚戚苦無悰하니 音叢樂也 携 音奚 手共行樂이라 音洛 尋雲陟 升也 累榭하고 音謝、榭上有屋也、累榭重臺也 隨山望菌 囷上芝、菌也、韻書、地蕈也、 閣이라 遠樹曖 愛上、或作曖者非、 芊芊하고 音遷○曖不明、芊芊茂美貌 生烟紛漠漠이라 魚戲新荷動이오 鳥散餘花落이라 不對芳春酒하고 還望靑山郭이라

怨歌行　　　　班婕妤

漢宮、班婕妤、寵眷既衰、託興於紈扇、謂其得寵之時、如扇、出入於君之懷抱衣袖間、一旦愛衰則如秋至風凉、廢棄於篋笥中、恩愛絕矣、

新裂音列擘裂 齊紈音丸齊地之絹曰紈 素하니白緻繒也 皎潔潔白貌 如霜雪이라 裁音才 爲合歡扇하나二面相夾謂之合歡扇 團圓似明
月이라 出入君懷袖하야 動搖微風發이라 常恐秋節至하야 凉飇音標秋風也 奪炎熱이라 棄捐音沿 篋音篋箱屬
笥音似 笥中하니 恩情中道絕이라

擬怨歌行　　　　江文通

紈扇如圓月하니 出自機中素라 畫作秦王女하야 乘平聲 鸞向煙霧라蕭史善吹笙、秦穆公女弄玉好之、以妻焉、爲作鳳臺、夫婦止其上、一旦乘鸞鳳而去、
采色世所重이나 雖新不代故라代替也故舊也 竊愁凉風至하야 吹我玉階樹라 君子恩未畢하야 零
落在中路라

古詩　　　　無名氏

不知作者姓氏、或曰枚乘

喩臣之不得事君、如牛女之不得相會

迢迢遠也 牽牛星이오牽牛也 皎皎潔白 河漢女라織女也 纖纖秀美 擢音濁 素手하야 札札機杼聲 弄籠去 機杼라
終日不成章하고文章也、詩、跂彼織女、終日七襄、雖則七襄、不成報章、 涕泣零如雨라 河漢淸且淺하니 相去復幾許오 盈盈一
水間에天河之水 脉脉不得語라下情不能上達也

古詩

喩人自少至老、不知休息也、

生年不滿百이나 常懷千歲憂라 晝短苦夜長하니 何不秉音丙 燭遊오 爲樂音洛 當及時라 何能

待來玆오 待、或作徒者非、爾雅、蓐謂之玆、卽今龍鬚草可以爲席、一歲一生、來玆、猶言來歲也、 愚者愛惜費하야 俱爲塵世嗤라 音蚩 仙人王子喬는
王子喬、後漢人、爲葉縣令、後爲神仙、 難可以等期로다

綠筠軒　蘇子瞻

於潛僧、有軒、名綠筠、坡老爲賦此詩

可使食無肉이언정 不可居無竹이라 王子猷、嘗寄居空宅中、便令種竹曰何可一日無此君耶 無肉令 平聲下同 人瘦오 無竹令人俗이라 人
瘦尙可肥나 士俗 或作俗士者非 不可醫라 音伊 傍人笑此言하되 似高還似癡라 音嗤 若對此君仍大嚼이면
墻入○曹子建、與吳季重書、曰過屠門而大嚼、豈不快意、 世間那有揚州鶴고 昔有客相從、各言所志、或願爲揚州刺史、或願多貲財、或願騎鶴上昇、其一人曰、腰纏十萬貫、騎鶴上揚州、蓋欲兼三人之所欲也、

月下獨酌　李太白

終篇形容獨酌曲盡其妙

花下一壺酒를 獨酌無相親이라 擧盃邀明月하니 對影成三人이라 月旣不解 音蟹 飮하고 影徒隨
我身이라 暫伴月將影하니 行樂 音洛 須及春이라 我歌月徘 音排 徊하고 音回 我舞影凌亂이라 醒 音星 時同
交歡이나 謂我與月、對影歌舞、 醉後各分散이라 醉眠則我與月影、分散矣 永結無情遊하야 相期邈 音莫 雲漢이라

春日醉起言志

處 上聲 世若大夢하니 百年在世、渾如一夢、 胡爲勞其生고 莊、勞我以生 所以終日醉하야 頽 徒回反 然臥前楹이라 覺 音敎
來眄 音面顧也視也 庭前하니 一鳥花間鳴이라 借問如何時오 春風語流鶯이라 感之欲歎息하고 對酒還
自傾이라 浩歌待明月하니 曲盡已忘情이라

蘇武

蘇武在匈音凶奴하야 武、使匈奴、單于欲降之 十年持漢節이라 杖漢節、牧羊、臥起操持、而節旄落盡、 白雁上林飛하니 空傳一書札이라 匈奴、詭言武死、後漢使復至、常惠、教使者、爲單于言、天子射上林中、得雁足、有繫帛書、言武在某澤中、使者如惠語、以誚單于、單于驚謝曰、武等實在 牧羊邊地苦하니 落日歸心絶이라 渴飲月窟水하고 飢音箕 餐天上雪이라 匈奴、幽武置大窖中、絶不飲食、會天雨雪、武臥齧雪、與旃毛并咽之、 東還沙塞遠하고 北愴音創 河梁別이라 泣把李陵衣하고 相看淚成血이라 李陵、別蘇武詩、有、携手上河梁、及、不覺淚沾裳、之句

雜詩　　陶淵明

人生無根蔕하야 音帝爪當也○根者本也、蔕者花之蔕也、 飄如陌音默、田間道、南北曰阡、其東西曰陌、 上塵이라 分散逐風轉하니 塵隨風而起 此已非常身이라 謂人生、寄迹於天地間、如郵亭傳舍、靡有常也、 落地爲兄弟니 何必骨肉親고 語云、四海之內、皆兄弟也、大抵交遊、皆兄弟、又何必論其至親也、 得歡當作樂이니 音洛 斗酒聚比音皮並也近也 鄰이라 連居曰鄰 盛年 少壯之年 不重平聲 來오 一日難再晨이라 及時當勉勵어다 音麗 歲月不待人이라 人生行樂、恐歲月已去、不長少年也、

歸田園居

野外罕寒上聲少也 人事하고 深巷寡輪鞅이라 音養、牛羈也、又馬在馬曰鞅○輪車輪、鞅馬索 白日掩柴扉하니 音非以柴爲門 虛室絶塵想이라 莊子虛室生白吉祥止止、 時復墟 音區丘山、古者、九夫爲井、四井爲邑、四邑爲丘、丘謂之墟、 曲中에 披草共來往이라 相見無雜言이고 但道桑麻長이라 上聲 桑麻日已長하고 我土日已廣이라 常恐霜霰先去 至하야 零落同草莽이라 忙上、霜霰之摧折、則桑麻之長、安保其不零落於草莽乎

鼠鬚筆　　蘇叔黨

太倉失陳舊也 紅하고 狡交上聲狡猾也 穴賢入 得餘腐라 音父朽敗也○漢書、太倉之粟、陳陳相因、紅腐而不可食 旣興丞相去聲 歎이오 秦丞相、李斯、少時爲郡吏、見吏舍廁中鼠、食不潔、近人、犬、數驚恐、觀倉中鼠、食積粟、不見人犬之憂、歎曰人之賢不肖、譬如鼠矣、在所自處耳、 又發廷尉怒라 漢廷尉張湯、其父、爲長安丞、出外、湯爲守舍、而鼠盜肉、其父還怒、乃笞湯、湯掘、遂得盜鼠及餘肉、劾鼠掠

(治、并取鼠與肉、具獄磔堂下、其父視其文辭、如老獄吏、大驚異之、) 磔(陟格反 裂也) 肉餧(限去聲 飼也) 餓猫하고 分髯(頰鬚也) 雜霜兎라 揷架刀槊(音朔矛也長一丈六尺)

健이오(乾去) 落紙龍蛇鶩라(音務謂字如龍蛇之馳走) 物理未易詰이니(窮問也) 時來卽所遇라 穿墉(音容) 何卑微오(詩相鼠母穿我墉)

託此得佳譽라(名也)

妾薄命二首　陳無己

(謝疊山、謂有國風法度、)

主家十二樓에 一身當(去聲抵敵也) 三千이라(長恨歌、後宮佳麗三千人、三千寵愛在一身、) 古來妾薄命하야 事主不盡年이라(傷南豊之早亡也)

起舞爲(去聲) 主壽하고 相送南陽阡이라(音遷○漢原涉、冢、署曰南陽阡) 忍著主衣裳하고 爲(去聲) 人作春姸가 有聲當徹天이오 有淚當徹泉이라 死者恐無知나 妾身(或作妾聲者非) 長自憐이라(長字是決辭、疊山、謂此詩可與少陵比肩、其絶妙句法、在結末、人多不識此、)

又

葉落風不起하고 山空花自紅이라(山中、有松栢杞梓梗楠豫章之材、則可以爲棟梁之用、山已空矣、惟有野花自紅、則朝廷無將相之才、而國已空虛矣) 捐(音緣 棄也) 世不待老하니

惠(愛也) 妾無其終이라 一死尙可忍이나 百歲何當窮고(忍死尙可、卽死實難也、) 天地豈不寬이리오 妾身自不容이라

死者如有知면 殺身以相從이라(此六句、思慕深恨、不殺身以死從於地下也) 向來歌舞地에 夜雨鳴寒蛩이라(爾雅云、蟋蟀曰蛩、詩意謂歌舞最相爲樂處、今聞蛩聲、則悽慘矣、此人事之變也、結句有味)

青青水中蒲　韓退之

(此詩托物比興、謂征夫出戍、其妻幽宮閨房、如蒲在水中、第一章謂夫君之出、第二章、謂不得相隨、末章、勉君子以正、得風人之體)

青青水中蒲여 下有一雙魚로다 君今上隴去하니(隴龍上聲、今陝西路隴州西寧等處有隴山、在汧陽縣西六十里、戍邊者、必徑此、戍者歌曰、隴頭流水、鳴聲幽咽、遙望秦川、肝腸斷絶)

我在與誰居오 青青水中蒲여 長在水中居로다 寄語浮萍草하노니 相隨我不如라 青青水中
蒲여 葉短不出水로다 婦人不下堂이어늘 行子在萬里로다

幽懷

幽懷不可寫하야 行此春紅潯이라 音尋 適與佳節會하니 士女競光陰이라 凝妝 音莊 耀 遙去 洲 音州 渚하고
繁 音煩 吹 去聲○繁吹歌吹之盛也 蕩人心이라 間關林中鳥는 知時爲和音이라 見音樂之繁、禽鳥之鳴、 豈無一樽酒리오 自酌
還自吟이라 但悲時易 音異 失이니 四序迭 田入 相侵이라 但悲四序、迭相更代、而光陰易失也 我歌君子行하니 古樂府、有君子行 視古
猶視今이라

公讌 曹子建

公子愛敬客하야 終宴 音燕 不知疲라 音皮 清夜遊西園하니 飛盖相追隨라 明月澄清影하니 列宿 音秀
正參 初今反 差라 叉宜反 秋蘭被長坂하고 朱華冒綠池라 朱華荷花也 潛魚躍清波하고 好鳥鳴高枝라 已上六句、鋪
叙一時、星月之輝、花草之盛、禽魚之樂、而有自得之適也、 神飆 音標 接丹轂하고 音谷 輕輦隨風移라 飄颻 上漂下搖 放志意하니 千秋長若
斯라 斯此也

獨酌 李太白

天若不愛酒면 酒星 晋天文志、曰酒星、柳星傍三星、曰酒旗星、 不在天이오 地若不愛酒면 地應無酒泉이라 河西肅州爲酒泉郡 天地
既愛酒하니 愛酒不愧天이라 已聞清比 音彼 聖이오 復道濁如賢이라 酒之清爲聖人、濁爲賢人、 賢聖既已飲하니 何
必求神仙고 三盃通大道오 一斗合自然이라 但得醉中趣니 音娶 勿爲醒者傳하라

歸田園　陶淵明

叙東皐之勝槩、終歸於農桑之務本、朋友之責善也、

種苗在東皐하니(音羔) 苗生滿阡(音遷)陌이라(音默) 雖有荷(上聲)鋤倦이나 濁酒聊自適이라 日暮巾柴車하니(巾、或曰覆也、主也、又曰猶衣也、舊注、周禮有巾車氏、然非淵明所用意、當訓結束等字、) 路暗光已夕이라 歸人望煙火하고 稚(音雉)子候簷(音鹽)隙이라(簷之空處) 問君亦何爲오 百年會有役이라(音亦) 但願桑麻成고 蠶月得紡(防上)績이라(音積) 素心(猶言初心) 正如此라 開逕望三益이라(論語、益者三友、損者三友)

和陶淵明擬古　蘇東坡

有客扣(音寇)我門하야 繫馬門前柳라 庭空鳥雀(音鵲)噪오이(操去) 門閉客立久라 主人枕(去聲)書臥하야 夢我平生友라 忽聞剝(邦入)啄(卓)聲하고(剝啄、扣門聲) 驚散一盃酒라 倒裳起謝客하니(詩、顚之倒之顚倒衣裳、) 夢覺(音敎) 兩愧負라(音阜) 坐談雜今古하니 不答顏愈厚라(上聲) 問我何處來오 我來無何有라(莊子、無何有之鄕、)

責子　陶淵明

白髮被兩鬢하니(淵明自歎) 肌(音基)膚(音孚) 不復實이라 雖有五男兒나(淵明有子五人、長曰舒次曰宣三曰雍四曰端五曰通) 總不好(去聲)紙筆이라 阿舒已二八이나 懶惰(沱去) 故無匹이오 阿宣行志學이나 而不愛文術하고 雍端年十三이나 不識六與七이오 通子垂九齡이나(音靈) 但覓梨與栗이라 天運苟如此하니 且進盃中物하라(淵明歸之天運、自飮盃中酒、以釋去憂悶也、)

田家　柳子厚

古道饒(益也多也) 蒺(音疾)藜하야(蒺藜、有刺蔓生、即詩、墻有茨之茨、) 縈(於營反) 廻古城曲이라 蓼(音了又音六) 花被(音備遍也) 隄岸하니 陂(音卑)

澤障也、蓄水曰陂 水寒更綠이라이 是時收穫竟하니 落日多樵牧이라이 音穆 風高楡 音兪 柳疎하고 霜重梨棗熟이라이 言一時之景

行人迷去徑이오이 音敬 小路 野鳥競棲宿이라이 上二句含下面昏黑意 田翁笑相念하니 昏黑愼原陸이라이 此二句、言昏黑之時、不分明朗、當自愼也 今

年幸少豊하니 無惡 烏去 饘 音旃 與粥이라이 音祝 稀者曰饘、稠者曰粥、

原本備旨懸吐註解

古文眞寶前集卷之二 終

原本備旨懸吐註解

古文眞寶前集卷之三

五言長篇

直中書省(此直宿中書省閣所作也)

謝靈運

紫殿(猶紫閣也)肅陰陰하고 彤(音同)庭赫(明盛)弘敞(音昶大關)이라 風動萬年枝오(今之多青樹、或以爲羅漢栢者、非也) 日華(猶映也)承露掌이라(漢武帝、作承露銅盤、高三十丈、大十圍、上有仙人掌、擎玉盃、以承雲表之露、和玉屑飮之、云可長生、) 玲瓏(音靈籠)結綺錢이오 深沈映朱網이라 紅藥當階翻이오 蒼苔依砌上(上聲)이라 玆言翔鳳池에(中書地在禁近、兼鈞持衡、多承寵任、是以人固其位、謂之鳳凰池、) 鳴珮(音佩)多清響이라 信美非吾室이니 中園思偃仰이라 朋情以鬱陶(思深)하고 春物方駘(蕩亥反)蕩(徒黨反○廣大之意)이라 安得凌風翰(寒汗二音鳥羽)하야 聊恣山泉賞고(首言中書省之美麗、終思園林之閑雅、方春而鬱陶、以思我交朋、安得羽翰、凌風而歸、恣賞山林泉石也)

古詩

無名氏

行行重(去聲復也)行行하니 與君生別離라(楚辭、樂莫樂兮新相知、悲莫悲兮生別離、) 相去萬餘里하야 各在天一涯라 道路阻(險也)且長하니(詩、道阻且長) 會面安可期오 胡馬依北風이오 越鳥巢南枝라 相去日已遠하니 衣帶日已緩(音患○謂別後憔悴、而衣帶舒緩、)이라 浮雲蔽白日하니(喩讒人之蔽主也○阻隔、如雲蔽日、) 遊子不復返이라 思君令(平聲)人老하니 歲月忽已晚이라 棄捐(音緣)勿復道하고 努(奴上)力加餐(七安反)飯하라

擬古

陶淵明

東方有一士하니 被服常不完이라 三旬九遇食하고 十年著一冠이라(言士之固窮如此、) 辛苦無此比나 常有好容顏이라(德足以潤身、豈計衣食之豐約哉) 我欲觀其人하야 晨去越河關이라 青松夾路生이오 白雲宿簷端이라 知我故來

意하고 取琴爲去聲 我彈이라 上絃驚別鶴이오 下絃操去聲 孤鸞이라 別鶴孤鸞皆曲名 願留就君住하야 從今至歲寒이라 淵明、志趣與之符合、願就其居、定交友歲寒之盟也、

讀山海經

陶淵明、因讀山海經、胸次悠然有自得之趣、作此以詠其幽居之適、

孟夏草木長하니 上聲 繞屋樹扶疎라 衆鳥欣有托이오 吾亦愛吾廬라 旣耕亦已種하니 時還讀我書라 窮巷隔深轍이 直結反 頗回故人車라 欣然酌春酒하니 摘我園中蔬라 音疎 微雨從東來하니 好風與之俱라 汎 凡去 覽周王傳하고 去聲○按太平廣記、周穆王、好神仙、乘八駿之馬、日宴西王母於瑤池之上、 流觀山海圖라 神禹、治水、有山海經、傳于世、張僧繇、畫以爲圖焉、 俛 音免 仰終宇宙하니 不樂 音洛 復何如오

夢李白二首　杜子美

死別已呑 咽也 聲이오 生別常惻惻이라 音測○馬融傳、不忍生別、我心惻惻 江南瘴 章去 癘 音例 地에 白坐永王璘之累、詔長流夜郎、會赦還潯陽、坐事下獄、潯陽今江州路、乃潯陽山南東路、 逐客無消息이라 故人入我夢하니 明我長相憶이라 樂府云、夢見在我傍、已覺在他鄉、上有加飡食、下有長相憶 恐非平生魂이니 路遠不可測이라 韓非子曰、六國時張敏與高惠、二人爲友、每相憶不能得見、敏便於夢中往尋、但得至半道、即迷不知、遂回 魂來楓 音風 林靑이오 魂返關塞 音賽 黑이라 今君在羅網하니 何以有羽翼고 落月滿屋梁하니 宋玉神女賦、若白月初出照屋梁、 猶疑見顏色이라 西淸詩話曰、歷見司馬子微、謝自然、賀知章、或以爲可與神遊八極之表、或以爲謫仙人、俱不若少陵云、落月滿屋梁、猶疑見顏色、百世之下尙想見其風采、此李太白傳神詩也、 水深波浪濶하니 宋玉賦、海水深浩、波浪廣闊、非萬斛舟不可泛、 無使蛟龍得하라 按太白、溺死於采石、此詩當是白死後作、故曰死別已呑聲而終云水深波浪闊、無使蛟龍得、而殆誠有捉月之事故也、

又

浮雲終日行이나 遊子久不至라 古詩浮雲蔽白日、遊子不復返、此言興比時君昏暗、爲群小所蔽、而君子在外也、 三夜頻夢君하니 情親見君意라 告

歸常局(窮入)促이오(從入) 苦道來不易라(音異) 江湖多風波하니 舟楫(音接)恐失墜라 出門搔(音騷手爬)白首하니 (諸葛松詩、出門無往還、時復搔白首、) 若負平生志라 冠盖滿京華어늘 斯人獨顦顇라 (左太冲詩、濟濟京城內、赫赫王侯居、冠盖蔭四街、朱輪驅長衢、寂寂王子宅、門無卿相車) 孰云網恢恢오 (音魁○老子云、天網恢恢、踈而不漏、) 將老身反累라 (纍去○嵇昂曰吾將老矣、反爲牛尾累身) 千秋萬歲名은 (阮籍詩、千秋百歲後、榮名安所之、) 寂寞(音莫) 身後事라 (張翰曰、使我有身後名、不如即時一盃酒、○子美蓋傷太白身後、惟有二孫女、家聲不振、徒留千秋萬歲名也、)

贈東坡 (前篇、梅以屬東坡) 黃山谷

江梅有佳實하니 託根桃李場이라(音長) 桃李終不言하니 朝露借恩光이라 (言江梅爲桃李所忌、意謂東坡、見嫉當世、獨人主見知耳、) 孤芳忌皎潔이오 冰雪空自香이라 古來和鼎實하니 此物升朝廊이라(音郎) 歲月坐成晚하니 煙雨青已黃이라 得升桃李盤하야 以遠初見嘗이라 終然不可口하니 擲(直隻反投也拋也) 置官道傍이라 (杜病橘詩、紛然不可口、豈只存其皮) 但使本根在면 棄捐(音沿) 果何傷고

又 (後篇、松以屬東坡、茯苓以屬門下士之賢者、兎絲以自況、)

青松出澗壑하니(沆入) 十里聞風聲이라 (此意謂東坡、以大才而沈下僚、其蓋世之名、則不可掩也、) 上有百尺絲오 下有千歲苓이라 (淮南子曰千年之松下有茯苓、上有兎絲、) 自往得久要하고 (音腰論語、久要、言舊約也、猶言久交也、) 爲(去聲) 人制頹(徒回反) 齡이라 (音靈、制猶延也、禁制衰頹之年齒、使不老○此句指茯苓、) 小草有遠志하니 相依在平生이라 (世說、桓溫問謝安遠志又名小草、何以一物而有二名、郝隆曰、處則爲遠志、出則爲小草、○此句以下、並指兎絲、言其不依附凡木、所志遠矣) 醫(音依) 和不並世하니 深根且固蔕라 (音帝○東坡和云、嘉穀臥風雨、稂莠登我場、陳前讓方丈、玉食慘無光、大哉天宇間、美惡更臭香、君看五六月、飛蚊隱回廊、茲時不少假、俛仰霜葉黃、期君蟠桃枝、千歲終一嘗、顧我如苦李、全生依路傍、紛紛不足慍、悄悄徒自傷、○空山學仙子、妄意笙簫聲、千金得奇藥、開視皆豨苓、不知市人中、自有安期生、今君已度世、坐閱霜中蔕、挲摩古銅人、歲月不可計、醫風安在哉、要君相指似、) 人言可醫國이니 何用大早計오 (晉語、平公有疾、使醫和視之、文子曰醫及國家乎、對曰上醫醫國、其次醫人、固醫官也、○謂依附賢者、足以自樂、至其不爲當世所知、則亦自重、難進而未嘗汲汲也、) 小大材則殊나 氣味固相似라 (山谷、自謂己之於東坡、才之大小固殊、)

然其剛介自守之操、未始有異也

慈烏夜啼　　白樂天

張華註禽經云、慈烏孝烏長則反哺其母、大觜烏脣

慈烏失其母하고 啞啞烏下反 吐哀音이라 晝夜不飛去하고 經年守故林이라 夜夜夜半啼하니 聞者爲去聲 沾襟이라 音金 聲中如告訴하야 音素 未盡反哺音步 心이라 烏能反哺其母 百鳥豈無母리오 爾獨哀怨深이라 應是母慈重하야 使爾悲不任이라 昔有吳起者하니 學於曾子母歿不奔喪曾子責之 母歿音沒 喪不臨이라 哀哉若此輩는 音稍 其心不如禽이라 慈烏彼慈烏여 鳥中之曾參이로다 曾參、孝於事母禽中亦有此者、

田家

籬落隔煙火하니 籬落之外見火下得一隔字妙 農談四鄰夕이라 庭際秋蛩音笻 鳴하니 疎麻方寂歷이라 蠶絲盡輸稅하니 機杼直呂反 空倚壁이라 里胥夜經過하니 鷄黍事筵音延 席이라 各言官長上聲 峻하야 文字多督音篤 責이라 音仄○催租之人、又來、 東鄉後租期하야 有輸租後期者 車轂音谷 陷泥澤이라 猶車輪、陷落水澤中、費推挽之勞也 公門少推恕하야 音庶 鞭音邊 朴音璞 恣狼音郎 藉라 努力愼經營하라 音榮 肌音箕 膚音孚 眞可惜이라 須早納官、肌膚可惜、毋取其笞辱也 迎新在此歲하니 惟恐踵之隴反 前跡이라 此乃迎新割稻之時、即當以東鄉之事、爲戒也

樂府上　　無名氏

此詩去古未遠、頗有三百篇之遺風、○古樂府三篇、此篇居首、故曰上、本題曰飮馬長城窟行、

青青河畔草여 綿綿思遠道라 遠道不可思니 夙昔夢見之라 夢見在我傍터니 忽覺音教寤也 在

尺素、盈尺之帛也古者以帛爲書

他鄉이라 他鄉各異縣하야 輾音展轉輾者轉之半、轉者輾之周、皆臥不安席之意、 不可見이라 枯桑知天風하고 海水知天寒이라 此二句言物有自然之感 入門各自媚하니 眉去 誰肯相爲言고 客從遠方來하야 遺我雙鯉魚라 呼童烹披庚反 鯉魚하니 中有尺素書라 長跪去委反 讀素書하니 書中竟音鏡 何如오 上有加餐食하고 下有長相憶이라

七月夜行江陵途中作

陶淵明

南荊、南楚也

衡門、茅屋、貧士之居也

閑居三十載에 遂與塵事冥이라 詩書敦厚也 宿好하고去聲 林園無俗情이라 如何捨此去하야 遙遙至南荊고 叩音扣 枻以至反楫也 新秋月하니 臨流別友生이라 涼風起將夕히니 夜景湛音淡 虛明이라 昭昭天宇闊이오 皛皛胡了反明也 川上平이라 懷役音亦 不遑音皇 寐하고 中宵尙孤征이라 商歌曾子、居衛、三日不擧火、十年不製衣、捉衿而肘見、納履而踵決、曳踵而歌商頌、聲滿天地、若出金石、見莊子、 非吾事오 莊子子夏商歌聲若金石 依依在耦音偶 耕이라 語、長沮桀溺、耦而耕 投冠旋舊墟하고音區 不爲好爵縈이라 養眞衡茅下하니 庶以善自名이라 亦自述其歸休之趣、惟不貪榮利、自養天眞、斯善士也

飮酒

傷風俗澆浮、吾道晦蝕、不若痛飮、自陶其天眞

問津、言指道也、出論語

羲農去我久하니 伏羲神農古之帝王 擧世少復眞이라 復還本然之眞性猶言明善復初也 汲汲魯中叟가 孔子 彌縫左、彌縫其失、猶言補合也 使其淳이라音純 鳳鳥雖不至나 語、鳳鳥不至吾已矣夫、 禮樂暫得新이라 六句、言孔子修六經而羲農之道以明、 洙音殊 泗音四〇二水名、孔子居二水間 輟陟劣反 微響터니 漂流逮音殆 狂秦이라 詩書亦何罪오 一朝成灰呼恢反 塵이라 四句、言秦皇焚六經而孔子之道以晦、 區區諸老翁이 指漢伏生之徒 爲事誠慇音殷 懃音勤이라 如何絶世下에 六籍六經 無一親고 終日馳音池 車走하니 不見所問津이라 六句言世儒訓詁之陋而嘆聖人之不生也、 若復不快飮이면 空負頭上巾이라 但恨多謬靡幼反 誤하니音悟 君當恕醉人하라 四句、言麴蘗昏迷之託

而嘆俗人之不知也、

歸田園居

少無適俗韻하고 性本愛丘山이라 誤落塵網中하야 一去三十年이라 羈音基 鳥戀力劵反 舊林이오 池魚思故淵이라 開荒南野際하고 守拙歸園田이라 方宅十餘畝오 草屋八九間이라 楡音兪 柳 後簷하고 桃李羅堂前이라 曖曖音愛 遠人村이오 依依墟里煙이라 狗吠深巷中하고 鷄鳴桑樹顚이라 戶庭無塵雜이오 虛室有餘閑이라 久在樊籠裏라가 復得反自然이라

夏日李公見訪

杜子美

李炎爲太子家令、一本云李家令見訪、

遠林暑氣薄하니 公子過我遊라 貧居類村塢하니 烏去 僻近城南樓라 傍舍頗淳音純 朴하야 音撲 所願亦易音異 求라 隔屋問西家호대 借問有酒不아 音否未定之辭 牆頭過濁醪하니 音勞 展席俯長流라 清風左右至하니 客意已驚秋라 巢多衆鳥鬪오 葉密鳴蟬稠라 音紬 苦遭此物聒하니 音刮 孰謂吾廬幽오 水花晚色靜하니 蓮花一名爲水花 庶足充淹留라 預恐樽音尊 中盡하야 更起爲君謀라 荷花清潔、猶清人之神思、只恐樂有餘而盃不足、故云云、

贈衛八處士

人生不相見하니 動如參與商이라 左傳、子產曰、昔高辛氏、有二子、伯曰閼伯、季曰實沈、居於曠林、不相能也、帝遷閼伯于商、主辰爲商星、遷實沈於大夏、主參爲晉星、二星、不相得、各居一方、人之離別、不得聚會者、似之 今夕復何夕고 共此燈燭光이라 少壯能幾時오 武帝秋風辭、少壯幾時兮奈老何、 鬢髮各已蒼이라 訪舊半爲鬼하니 驚呼熱中腸이라 焉音烟 知二十載에 上聲 重上君子堂고 王仲宣詩、高會君子堂、 昔別君未婚터니 兒女忽成行이라 音杭

父執、父友也、出禮記

怡(音移)然敬父執하야 問我來何方고 問答未及已에 兒女羅酒漿이라 夜雨剪春韭(音久)하고 新炊間黃粱이라 主稱會面難하야 一擧累十觴(音商)이라 十觴亦不醉하니 感子故意長이라 明日隔山岳이니 世事兩茫茫이라

石壕(音豪)吏

暮投石壕(地名)村하니 (澠地、有二崤、東土崤、西石崤、石崤卽石壕、) 有吏夜捉人이라 老翁踰墻走하고 老婦出門看이라 吏呼一何怒며 婦啼一何苦오 聽婦前致詞호대 三男鄴城戍라 (鄴城魏都也、後改爲相州) 一男附書至하니 二男新戰死라 存者且偸生이니 死者長已矣라 室中更無人하고 所有乳下孫이라 孫有母未去하나 出入無完裙이라 老嫗力雖衰나 請從吏夜歸라 急應河陽役하야 猶得備晨炊라 (時二節度、屯兵於此、以禦慶緖、兵敗、無丁可抽故老嫗請赴河陽之役、以供炊、而已) 夜久語聲絕하니 如聞泣幽咽(咽音烟入)이라 天明登前途하니 獨與老翁別이라

佳人

絕代有佳人하니 幽居在空谷이라 自云良家子로 零落依草木이라 關中昔喪敗하야 兄弟遭殺戮(音陸)이라 官高何足論고 不得收骨肉이라 世情惡衰歇하니 萬事隨轉燭이라 夫婿(音細)輕薄兒오 新人美如玉이라 合昏尙知時니 (本草、合歡、卽夜合也、一名合昏其葉、至昏而卽合、) 鴛鴦不獨宿이라 (鴛鴦、雌雄、未嘗相離、人謂之匹鳥、) 但見新人笑오 那聞舊人哭가 在山泉水淸이오 出山泉水濁이라 (情因所習而遷移、猶水因所遇而淸濁、此亦佳人念夫之辭也) 侍婢賣珠廻하야 牽蘿(音羅)補茅屋이라 (見其自守之操) 摘花不插髮하고 (亦詩所謂、豈無膏沐、誰適爲容、之意) 采栢動盈掬(音菊)이라 天寒翠袖薄하니 日暮倚脩竹이라 (天色已寒而翠袖尙薄、喩時之亂離而君子在外也、栢與竹歲寒不改其操、采栢倚竹、則所思遠矣、猶君子見逐於君、操守不易、所以爲忠臣貞婦

送諸葛覺往隨州讀書　韓退之

鄴侯家多書하야 架揷三萬軸이라 音、逐○唐宰相李泌、封鄴侯、其子繁、刺隨州、 一一懸音玄 牙籤하니 七廉反 新若手未觸이라 充人○西京雜記、秘閣圖書、皆表以牙籤 爲人强上聲 記覽하야 過眼不再讀이라 偉哉羣聖書를 磊音偏衆石 落載其腹이라 行年逾音兪 五十에 出守數已六이라 京邑有舊廬하니 不容久食宿이라 臺閣多官員하니 無地寄一足이라 我雖官在朝나 音潮 氣勢日局縮이라 音蹜退也 屢爲去聲 丞相去聲 言이나 雖懇不見錄이라 送行過滻音產 水하니 滻水水名、出京兆藍田谷 東望不轉目이라 今子從之遊하니 學問得所欲이라 入海觀龍魚하고 矯音皎擧也 翮逐黃鵠이라 音谷 勉爲新詩章하야 月寄三四幅하라

司馬溫公獨樂園 公、居洛、於國子監之側、得故營地創獨樂園、　蘇子瞻

青山在屋上하고 流水在屋下라 中有五畝園하니 花竹秀而野라 花香襲音習 杖屨하고 音句 竹色侵盞斝라 音賈 樽音尊 酒樂音洛 餘春하고 棊局消長夏라 洛陽古多士하니 風俗猶爾雅라 先生臥不出하니 冠蓋傾洛社라 雖云與衆樂이나 音洛 中有獨樂音洛 者라 才全德不形하니 莊子全句 所貴知我寡라 老子云、知我者希、則我貴矣 先生獨何事오 四海望陶冶라 音也 兒童誦君實하고 君實、司馬公字也 走卒知司馬라 持此欲安歸오 西漢、蒯通、說韓信、曰足下歸楚、楚人不信、歸漢、漢人震恐、足下欲持是安歸乎、 造物不我捨라 名聲逐我輩하니 此病天所赭라 音者 撫掌笑先生하니 年來效喑音陰 啞라 鴉上

上韋左相二十韻 左相韋見素也　杜子美

鳳曆軒轅紀오 龍飛 易、乾九五、飛龍在天、此言天子居位也、 四十春이라 八荒開壽域하니 八荒、猶言八方也 一氣轉洪大也 鈞이라 音鈞、陶家轉者爲鈞、制器大小

鼎、鼐、三足、以比三公
范叔、范雎

由之、天之於物、隨類賦形而生成之、故曰大鈞、曰洪鈞、帝者法天、故頌之以轉洪鈞也、 霖雨 雨三日以往爲霖、商王高宗、命傅說爲相曰若歲大旱用汝作霖雨 思賢佐하고 丹靑 漢宣帝、圖功臣於麒麟閣、明帝圖功臣於南宮雲臺、唐太宗圖功臣於凌烟閣、皆所謂丹靑也、
憶老臣이라 應圖求駿馬하니 驚 音京 代得麒 音其 麟이라 沙汰 音太 江河濁이오 調和鼎 音頂三足
兩耳、和五味之寶器、 鼐 音奈鼎之大者 新이라 韋賢初相 去聲 漢하고 范叔已歸秦이라 盛業今如此하니 傳經固絶倫이라 豫
樟深出地오 言其材之良 滄海闊無津이라 言其量之廣 北斗司喉舌하고 李固傳、陛下之有尙書、猶天地有北斗也、北斗爲天之喉舌、尙書亦爲陛下喉舌、 東方領搢
音進揷也 紳이라 音申、大帶也、皆揷笏於大帶、 持衡 衡秤也、謂在吏部時、銓量平允也 留藻鑑이오 如水之至淸而鑑藻分明也、 聽履上星辰이라 鄭崇、哀帝時、爲尙書僕射、每曳革履、上笑曰我
識鄭尙書履聲 獨步才超古하니 餘波 左、波及晉國、君之餘也、 德照鄰이라 聰明過 音戈 管輅요 音路○天寶十五載十月丙申有星犯昴、見素言於肅宗曰、昴者胡也、祿山將死、
昴金犯火、行當火位、昴之昏、乃其時也、及祿山死、日月皆不差、魏管輅、善天文地理、今見素所言如此、其聰明過於管輅遠矣、 尺牘 韓信傳、奉咫尺之書、師古曰、言簡牘、長咫尺也牘、書板也 倒陳遵이라 漢陳遵、善於文辭、與人尺牘、皆藏弆爲榮、 豈
是池中物이리오 由來席上珍이라 記、儒有席上之珍、以待聘、 廟堂知至理하니 風俗盡還淳이라 音純 才傑俱登用하니 愚
蒙但隱淪이라 子美自謂也 長 上聲 卿多病久하고 司馬相如、字長卿、常有消渴病、 子夏索 音索 居 散居也 貧이라 家語離群索居 回首驅流俗
하니 生涯 音牙 似衆人이라 巫咸不可問이오 鄒魯 若作鄒客者非蓋指孟子事 莫容身이라 感激時將晩하니 蒼茫興 去聲 有
神이라 時將晩、傷衰老也、蒼茫曠遠貌、言興之超遠、 爲 去聲 公歌此曲하니 涕淚在衣巾이라

寄李白

白、坐繫潯陽獄、宋若思、釋囚、辟爲參謀、乾元元年、長流夜郞、子美寄此詩、

昔年存狂客하니 號爾謫仙人이라 賀知章、自號四明狂客、呼白爲謫仙人、 筆落驚風雨오 詩成泣鬼神이라 聲名從此大하니
汨 昆入 沒一朝伸이라 文彩承殊渥하니 音惡 流傳必絶倫이라 龍舟移棹晩이오 玄宗、泛舟蓮池、召太白、被酒、命高力士、扶登舟、 獸錦奪
袍新이라 白作樂章帝賜錦袍 白日來深殿이오 靑雲滿後塵이라 乞歸優詔許하니 白爲高力士、所譖、懇求還山、帝賜金放還、 遇我宿心親이라

三危、地名

非熊、周文王及姜太公事 茅土、封侯也 珠履、春申君之客

未負幽棲志하고 兼全寵辱身이라 劇談憐野逸이오 嗜酒見天眞이라 醉舞梁園 在汴、漢梁孝王所築、 夜하고 行歌
泗水 在魯地、太白嘗遊梁魯間、 春이라 才高心不展이오 道屈善無鄰이라 處 上聲 士禰衡俊이오 禰衡、字正平爲平原處士、 諸生原憲
貧이라 孔門弟、原憲、至貧、二事、比白之有才而無祿也、 稻粱求未足인대 薏 音意 苡 音以 謗何頻고 馬援、征交趾、載、薏苡還、人謗之、以爲明珠、喩白之遇讒也、 五嶺炎蒸
地오 三危放逐臣이라 大庾、始安、臨賀、桂陽、揭陽、是爲五嶺、白長流夜郞、五嶺三危、與夜郞接境、 幾年遭鵩 音朋 鳥오 賈誼、爲長沙王傅不得志有鵩鳥集于舍、 獨泣向麒麟
이라 孔子、見麟而泣曰出非其時、吾道窮矣、 蘇武先還漢하고 黃公豈事秦가 黃公四皓之一 楚筵辭醴 音禮 日이오 言白、在永王璘、如申公、見楚王不設醴則辭去、 梁
獄上書辰이라 白、坐事下潯陽獄、如鄒陽於梁孝王獄中、上書即出之、 已用當時法하니 誰將此義陳고 老吟 詠也 秋月下고 病起暮江
濱이라 莫恠恩波隔하라 乘槎 鋤加切 與問津이라 言白之才器、當蒙上知、而恩波頓隔子美欲乘槎而問之天也、

投贈哥舒開府二十韻

哥舒、虜姓、名翰、王忠嗣、表爲牙將、天寶中、爲河西隴右節度使、封西平郡王、廢在家、起爲兵馬副元帥、明年敗于潼關、降祿山、

今代麒 音其 麟 音鄰 閣에 見上韋左相丹靑註下 何人第一功고 君王自神武하니 駕馭 音御 必英雄이라 開府當朝
傑이니 唐制、開府儀同三司者、三公也、從一品官 論兵邁 音賣 古風이라 先鋒百勝在오 略地兩隅空이라 翰、北征突厥、西伐吐蕃攻取其地、故云兩隅空、 靑海無
傳箭이오 翰、築城靑海吐蕃不敢近、 天山 即祈連山今瓜州西 早掛弓이라 廉頗仍走 去聲 敵하고 魏絳已和戎이라 魏絳、勸晉侯和戎、以爲有五利、公從之、 每
惜河湟棄하야 新兼節制通이라 智謀垂睿 兪芮切深明通達也 想하니 出入冠 去聲 諸公이라 日月低秦樹오 乾坤
繞漢宮이라 此言收復之功也、所謂日月所臨特低秦樹、乾坤所包、獨繞漢宮、 胡人愁逐北하고 宛 平聲、大宛、西域國名出良馬 馬又從東이라 翰之威武、胡人愁其攻逐而敗北、宛馬復來朝貢也 受
命邊沙遠터니 歸來御席同이라 軒 音喧 墀 音池 曾寵鶴이오 左傳、衛懿公、好鶴、鶴有乘軒者、 畋 音田 獵舊非熊이라 茅土加名
數하고 言翰進封西平郡王也 山河誓始終이라 高祖即位封功臣爲之誓、曰使黃河如帶、太山若礪、國以永存、爰及苗裔、 策行遺戰伐하니 契合動昭融이라 勳業靑
冥 音名 上이오 交親氣槪中이라 未爲珠履 音理 客하고 已見白頭翁이라 壯節初題柱하고 司馬相如、初過成都昇仙橋、題其柱曰不乘駟

馬車、不復過此橋 生涯音牙似轉蓬이라 幾年春草歇고 今日暮途窮이라 軍事留孫楚오 晉孫楚、字子荆、才藻卓絶、年四十餘、始參鎭東軍事、
行音杭間識呂蒙이리 吳志、呂蒙、字子明、年十六、拔刀殺吏、於行伍中、見知於孫策、策用之、 防身一長劍으로 將欲倚崆音空峒이라 音同、崆峒在西正當吐蕃所入之道、子美、謂將
欲倚劍崆峒、從翰守節鎭也、

贈韋左丞 左丞姓韋名濟

紈袴、富貴子弟也
紈音還袴音庫不餓死나 儒冠多誤身이라 丈人試靜聽하라 賤子請具陳이라 甫昔少年日에 早充觀
國賓이라 易觀國之光利用賓于王 讀書破萬卷하고 下筆如有神이라 賦料揚雄敵이오 揚雄、字子雲、嘗好詞賦、每擬相如、 詩看平聲子建親
이라 曹植、字子建、善屬文詩出國風、卓爾不群、 李邕音雍求識面하고 唐李邕、有才名、後進、想慕、求識其面 王翰願卜隣이라 自謂頗挺出하야 立登要路
津이라 致君堯舜上하야 再使風俗淳이라 此意竟蕭條하니 行歌非隱淪이라 騎驢三十載에上聲 旅食
京華春이라 朝扣富兒門이오 暮隨肥馬塵이라 殘盃與冷炙를 之夜反燔肉也 到處潛悲辛이라 主上頃見徵
하니 欻許勿反然欲求伸이라 靑冥却垂翅오 光武賜馮異書始雖垂翅回谿 蹭層去蹬音鄧無縱鱗이라 甚愧丈人厚오 甚知
丈人眞이라 厚者相待之厚、眞者懷抱之眞、 每於百寮音家上에 猥煨上誦佳句新이라 竊效貢公喜나 劉孝標、廣絶交論、王陽登而貢公喜、 難甘
原憲貧이라 原憲曰吾聞之、無財者、謂之貧、學道不能行、謂之病、若憲、貧也、非病也、 焉能心怏怏고音鞅 秖音只是走踆踆이라七倫反 今欲東入海오 即
將西去秦이라 尙憐終南山이오 回首淸渭音位濱이라 果不能薦則去之 常擬報一飯커던 況懷辭大臣가 況大臣相知、不獨
一飯、其去別之懷抱爲何如、 白鷗波浩蕩하니 萬里誰能馴고 音循○此二句、言自此、可以相忘於江湖之外、雖韋濟、亦不得而見也

醉贈張秘書 韓退之

人皆勸我酒나 我若耳不聞이라 今日到君家하야 呼酒持勸君이라 爲此座上客과 及余各能文이라

薰、香草、蕕、臭草不同器也 皇墳、即三皇之書 所謂三墳也 元凱、八元、八凱舜臣也 重華、舜也、放勛、堯也

君門、謂之閶闔、謂上章、謂之琅玕

君詩多態他代反度하야 藹藹音噯 春空雲이라 東野動驚俗하니 天葩吐奇芬이오孟郊、字東野 張籍字文昌 學古淡하야 軒鶴避鷄羣이라 阿買不識字나退之姪名 頗知書八分이라 詩成使之寫하니 亦足張去聲、左、我張吾二軍、註張大也 吾軍이라 所以欲得酒하야 爲文俟其醺이라音勳醉也 酒味旣冷或作冷 冽하고音列 酒氣又氤音因氳이라 性情漸浩浩하니 諧音孩笑諸本作談 方云云이라 此誠得酒意니 餘外徒繽紛이라 長安衆富兒는 盤饌羅羶尸連反 葷이라 不解音蟹 文字飮하고 惟能醉紅裙이라 雖得一餉音尚 樂이니音洛 有如聚飛蚊이라 今我及數子는 故無蕕夷猶反臭草 與薰이라香草 險語破鬼膽이오談上 高詞媲匹詣反配也、偶也、 皇墳이라 至寶不雕音凋 琢이오當入 神功謝鋤音鉏 耘이라音云○以比文章之美者、貴於自然不以雕琢爲功也、 方今向泰平하니 元凱音愷 承華勛이라 吾徒幸無事하니 庶以窮朝曛이라音勳○日入也

齪齪

譏一時在朝之士、皆局促齪齪之徒、但以飢寒、爲憂、魯不知報國憂時、爲何事、

齪齪側角反 當世士는 所憂在飢音基 寒이라 但見賤者悲오 不聞貴者歎이라 大賢事業異하야 遠抱非俗觀이라 報國心皎潔이오 念時涕汍瀾이라音蘭 妖姬在左右하니 柔指發哀彈이라 酒肴雖日陳이나 感激寧爲歡가 秋陰欺白日하야 泥音尼 潦音老 不少乾이라 河堤決東郡하니 老弱隨驚湍이라音灘 ○淫雨河決、皆陰盛之象、陰盛則陽衰、亦陽明之賢、擯棄在外也 天意固有屬하니 誰能詰其端고 願辱太守薦하야 得充諫諍官이라 排雲叫閶音昌 闔하고音合 披腹呈琅玕이라琅玕美玉也 致君豈無術고 自進誠獨難이라

楊康功有石狀如醉道士爲賦此詩　蘇東坡

楚山固多猿하니音員 靑者黠閑八反 而壽라 化爲狂道士하야 山谷恣資去 騰蹂라 誤入華陽洞하야 竊

飮茅君酒라 仙經、載句曲山、即三十六洞天之第八洞也、名曰華陽洞、茅君之所治也、神仙傳曰、大茅君、名盈、次弟、名固、小弟名衷、故號爲三茅君、 君命囚巖間니하 巖石爲械杻라 音薤紐

松根絡音洛 其足고하 藤音騰 蔓音萬 縛房入 其肘라 陟柳反 蒼苔眯莫禮反 其日이오 叢音淙 棘哽音梗 其口라

三年化爲石하니 堅瘦敵音狄抵也 瓊玖라 音九 無復號雲聲이오 空餘舞杯手라 號雲、言猿、舞杯、言道士、 樵夫見之

笑하고 抱賣易升斗라 楊公海中仙이니 世俗焉得友오 海邊逢姑射하니 莊子、藐姑射之山、有神人居焉、肌膚若冰雪、綽約若處子、 一笑

微俛音免 首라 胡不載之歸하고 用此頑且醜오 求詩紀其異하니 本末得細剖라 裒上 吾言豈妄云고

得之亡是叟라 司馬相如、作子虛賦、以子虛虛言也、爲楚稱、烏有先生者、烏有此事也、爲齊難、又繼以上林賦、稱亡是公者、亡是人也、欲明天子之義、故虛藉此三人爲辭、○坡公、言石乃猿化道士、竊仙酒而又化爲石、皆設虛辭、爲稱、所以結語得之亡是叟也

原本備旨懸吐註解 古文眞寶前集卷之三 終

原本備旨懸吐註解

古文眞寶前集卷之四

七言古風短篇

峨眉山月歌 李太白

峨眉山、在西蜀嘉定府峨眉縣南、兩山相對、如峨眉、周匝千里、有石龕百一十二、大洞十二、小洞二十八、南北有臺、

峨眉山月半輪秋에 (山高而不見全月也、今三峽之間、非亭午及子夜、不見日月、) 影入平羌江水流라 夜發三溪(或作淸溪) 向三峽하니 (西陵峽、巫峽、歸鄕峽也、並在夔州、) 思君不見下渝(音兪)州라 (地名今重慶府)

山中答俗人

問余何事栖碧山고 笑而不答心自閑이라 桃花流水窅(音杳或作宛者非)然去하니 別有天地非人間이라

山中對酌

兩人對酌山花開하니 一盃一盃復一盃라 我醉欲眠君且去하니 明朝有意抱琴來하라

春夢 岑參

洞房昨夜春風起하니 遙憶美人湘江水라 (詩、彼美人兮西方之人兮、) 枕上片時春夢中에 行盡江南數千里라

少年行 王維

新豐(漢太上皇、居長安、思故鄕、欲歸豊沛、高祖、乃象豊邑里居、營市井居室、徙豊人居之、故云、) 美酒斗十千하니 咸陽遊俠多少年이라 相逢意氣爲君飮하니 繫馬高樓垂楊邊이라

尋隱者不遇 魏野

尋眞悞入蓬萊(音來)島하니 香風不動松花老라 採芝何處未歸來오 白雲滿地無人掃라

步虛詞　高　騈

青溪道士人不識하니 上天下天鶴一隻이라 洞門深鎖碧窓寒하니 滴露研朱點周易이라

十　竹　僧　淸　順

城中寸土如寸金하니 幽軒種竹只十箇라 春風愼勿長上聲 兒孫하야 韓笋詩、環立比兒孫 穿我階前綠苔破라 謂城市、地狹人稠、軒前只種十竹、春來不須生筍、迸破階苔也

遊三遊洞　蘇　子　瞻

凍雨霏霏半成雪하니 遊人屨音句 冷蒼崖滑音活이라 不辭攜被巖底眠하니 洞口雲深夜無月이라

襄陽路逢寒食　張　說

去年寒食洞庭波러니 今年寒食襄陽路라 不辭著處尋山水하니 祗畏還家落春暮라

漁　翁　柳　子　厚

漁翁夜傍去聲 西巖宿하고 曉汲淸湘燃音然 楚竹이라 煙消日出不見人하니 欸乃音襖靄歌聲也 一聲山水綠이라 回看平聲 天際下中流하니 巖上無心雲相逐이라

金陵酒肆留別　李　太　白

風吹柳花滿店香하니 吳姬厭音押 酒喚客嘗이라 金陵子弟來相送하니 欲行不行各盡觴이라 請君試問東流水하라 別意與之誰短長고

思　邊　此即采薇、昔我往矣、楊柳依依、今我來思、雨雪霏霏之意、

去歲何時君別妾고 南園綠草飛蝴蝶이라 今歲何時妾憶君고 西山白雪暗秦雲이라 玉關此去

三千里니(班超曰不敢望到酒泉、但願生入玉門關) 欲寄音書那得聞고

烏夜啼(爲成婦作)

黃雲城邊烏欲棲하니 歸飛啞啞(鴉上)枝上啼라 機中織錦秦川女는 碧紗如煙隔窓語라 停梭悵然憶遠人하니 獨宿孤房淚如雨라

戲和答禽語 黃山谷

脫袴、鳥名

南村北村雨一犂하니(音黎) 新婦餉(商去)姑翁哺(音捕)兒라 田中啼鳥自四時하니 催人脫袴(音庫)著新衣라 著新替舊亦不惡이나 去年租重無袴著이라

送羽林陶將軍 李太白

樓船、戰船也

將軍出使擁樓船하니 江上旌旗拂紫煙이라 萬里橫戈探(音貪取也)虎穴하니 三盃拔劍舞龍泉이라(楚有二劍曰龍泉太阿) 莫道詞人無膽(談上)氣하라 臨行將贈繞朝鞭이라(左傳、文公十三年、秦伯師于河西、魏人在東、使士會、繞朝贈之以策、曰子無謂秦無人、)

採蓮曲

若耶溪傍採蓮女가(若耶溪在會稽山陰) 笑隔荷花共人語라 日照新粧水底明하니 風飄香袖空中擧라 岸上誰家遊冶郞이 三三五五映垂楊고 紫騮嘶入落花去하니 見此躊(音儔)躇(音除)空斷腸이라

淸江曲

屬(音燭)玉(水鳥鷺類)雙飛水滿塘하니 菰(音孤)蒲採處浴鴛鴦이라(四鳥) 白蘋滿棹歸來晩하니 秋著蘆花兩岸霜이라 扁舟繫岸依林樾하니(音曰樹林之蔭) 蕭蕭兩鬢(賓去)吹華髮이라 萬事不理醉復醒하니(音星) 長占(去聲)煙波

弄明月이라

登金陵鳳凰臺

(在保寧寺後、宋元嘉中、王顗、見異鳥集于山、時謂鳳凰、遂起臺、)

鳳凰臺上鳳凰遊러니 鳳去臺空江自流라 吳宮(孫權、始都金陵、國號吳、)花草埋幽徑이오 晉代(晉宗室瑯琊王睿、都金陵、是爲東晋)衣冠城古丘라 三山半落青天外오 二水中分白鷺洲라 總爲(去聲)浮雲能蔽日하니 長安不見使人愁라

早春寄王漢陽

聞道春還未相識하고 起傍寒梅訪消息이라 昨夜東風入武陽하니 陌頭楊柳黃金色이라 碧水渺渺雲茫茫하니 美人不來空斷腸이라 預拂青山一片石하고 與君連日醉壺觴이라

金陵城西樓月下吟

金陵夜寂涼風發하니 獨上高樓望吳越이라 白雲映水搖秋城하니 白露垂珠滴秋月이라 月下長吟久不歸하니 古今相接眼中稀라 解道澄江淨如練하니 令人却憶謝玄暉라

澄江、如練、謝句也

題東溪公幽居

杜陵賢人清且廉하니 東谿卜築歲將淹이라 宅近青山同謝眺오(音兆) 門垂碧柳似陶潛이라 好鳥迎春歌後院이오 飛花送酒舞前簷이라 客到但知留一醉하니 盤中祗(音之)有水精鹽이라

上李邕

(邕、字太和、揚州人、有文名、開元中、北海太守、時稱李北海、李林甫忌其才、故殺之、)

大鵬一日同風起하야 扶搖直上九萬里라 假令風歇時下來면 猶能簸(波去)却滄溟水라 世人

扶搖、見莊子、乘風而上也

宣父、孔子也

見我恒殊調하고 聞余大言皆冷笑라 宣父猶能畏後生하니 語、子曰後生可畏、 丈夫未可輕年少라

歎庭前甘菊花　　杜子美

此詩、譏小人在位、賢人失所也

簷前甘菊移時晩하니 青蕊重陽不堪摘이라 明日蕭條盡醉醒하니 殘花爛熳開何益고 籬邊野外多衆芳하니 采擷細瑣升中堂이라 念玆空長大枝葉이 結根失所纒風霜이라

秋雨歎

此詩、刺時之暴虐、君子在患難之中、而特立獨行不變也、

雨中百草秋爛死하니 階下決明顔色鮮이라 著葉滿枝翠羽盖오 開花無數黃金錢이라 涼風蕭蕭吹汝急하니 恐汝後時難獨立이라 堂上書生空白頭하니 臨風三嗅馨香泣이라 語、子路共之、三嗅而作

二月見梅　　唐子西

譏刺群小用事、以梅比君子、以桃李比小人

桃花能紅李能白하니 春深何處無顔色고 不應尙有一枝梅하니 可是東君苦留客이라 向來開處當嚴冬하니 白者未白紅未紅이라 只今已是丈人行이니 肯與年少爭春風가

水仙花　　黃魯直

俗呼爲金盞銀臺花是也

凌波仙子生塵襪하니 洛神賦、凌波微步、羅襪生塵 水上盈盈步微月이라 形容水仙字 是誰招此斷腸魂고 種作寒花寄愁絶이라 含香體素欲傾城하니 山礬是弟梅是兄이라 坐對眞成被花惱하니 出門一笑大江橫이라

登黃鶴樓　　崔顥

上四句、叙樓名之由、下四句、寓感慨之情〇按黃鶴樓、在鄂州子城西北隅黃鶴山上、方輿勝覽、此樓因山得名、盖自南朝已著矣、南齊志、仙人子安、乘黃鶴過此

昔人已乘黃鶴去하니 此地空餘黃鶴樓라 黃鶴一去不復返하니 白雲千載空悠悠라 晴川歷歷漢陽樹오 漢陽軍、漢沔之南故曰漢陽、 春草萋萋鸚鵡洲라 後漢、禰衡、字正平有才尙氣、剛傲與孔融楊修善、融薦于曹操、操喜、勅門者有客便通、衡乃坐大營門以杖捶地大罵、吏請案之、操曰禰衡孺子孤殺之、猶雀鼠耳、此人素有虛名、遠近、將謂孤不能容之、遂送與劉表、復慢侮、表、耻不能容、以與江夏太守黃祖、時年三十六、祖長子、射、大會賓客、人有獻鸚鵡者、射擧扈謂衡曰、願先生賦之、以娛佳客、衡攬筆而作、文不加點、後亦以言不遜、罵祖、祖殺之、葬四洲、後人因以鸚鵡名洲 日暮鄕關何處是오 烟波江上使人愁라

贈唐衢 勉衢、出仕以致君澤民也、　韓退之

虎有爪 罩上 兮牛有角하니 虎可搏 音搏手擊也 兮牛可觸이라 奈何君獨抱奇才하고 手把犂鋤餓空谷고
當今天子急賢良하니 匭 音鬼 函 唐武后、垂拱五年、從魚保宗之請、匣匱爲匣匭而鑰之、傍有一小竅、可入而不可出、置之朝堂、以受天下表疏 朝出開明光이라 明光漢武帝宮名 胡 何也 不上書自薦達하야 坐令 音零使也 四海如虞唐고

古意 此昌黎寓言

太華 胡化反 峯頭玉井蓮이 開花十丈藕 音偶 如船이라 冷比雪霜甘比蜜하니 一片入口沈痾 音阿 痊이라 音荃 我欲求之不憚 音但 遠이나 靑壁無路難夤 音寅 緣이라 安得長梯上摘實하야 梯木階也 下種七澤根株連고 雲夢有七澤

原本備旨懸吐註解
古文眞寶前集卷集四 終

原本備旨懸吐註解

古文眞寶前集卷之五

七言古風短篇

贈鄭兵曹　　韓退之

感慨老少之禪代、世變之推遷、終於飲酒消愁、

樽音尊酒相逢十載前엔 君爲壯夫我少年더니 樽酒相逢十載後하니 我爲壯夫君白首라 相去十年之間、昔少而今壯、昔壯而今老矣、

我才與世不相當하야 戢仄立反鱗委翅音啻 無復望이라音忘 當今賢俊皆周行이어늘音杭 君何

周行、朝廷之列也

爲乎亦遑遑고 音皇○退之謂我材不用於世、方今賢俊並進、君何爲亦不仕乎

盃行到君莫停手하라 破除萬事無過音戈酒라

雉帶箭

原頭火燒淨兀兀하니 野雉音治 畏鷹出復沒이라 將軍欲以巧伏人하야 盤馬彎弓惜不發이라 地形

漸窄音仄 觀者多하니 雉驚弓滿勁居正反 箭加라 衝人決音血小飛貌、莊子決起而飛 起百餘尺하니 紅翎音靈 白鏃音簇矢末 相傾斜라 將軍仰笑軍吏賀하니何去 五色離披馬前墮라 潘岳、射雉賦、有五色之名翟

南陵叙別　　李太白

此篇、有懷古之意、○南陵在宣州

白酒初熟山中歸하니 歸山中也 黃鷄啄黍秋正肥라 此言鷄黍之樂 呼童烹雞酌白酒하니 兒女嬉笑牽人衣라

高歌取醉欲自慰하야 起舞落日爭光輝라 游說萬乘去聲 苦不早면 著鞭跨馬涉遠道라 會稽

愚婦輕買臣하니 朱買臣、字翁子、嘗賣薪樵、行且誦書、妻羞之、求去、其後、買臣、爲會稽太守、入界、見故妻治道、命後車載之、 余亦辭家西入秦이라 仰天大笑出門

去하니 我輩豈是蓬蒿人고

月夜與客飮酒杏花下　蘇子瞻

杏花飛簾散餘春하고 明月入戶尋幽人이라 褰衣步月踏花影하니 炯如流水涵靑蘋이라 花間置酒淸香發하니 爭挽長條落香雪이라 山城薄酒不堪飮하니 勸君且吸杯中月하라 洞簫聲斷月明中에 惟憂月落酒盃空이라 明朝卷地春風惡이면 但見綠葉棲殘紅이라

人日寄杜二拾遺　高適

人日題詩寄草堂하니 遙憐故人思故鄕이라 柳條弄色不忍見이오 梅花滿枝空斷腸이라 身在南蕃無所預나 心懷百憂復千慮라 今年人日空相憶하니 明年人日知何處오 一臥東山三十春하니 豈知書劍老風塵고 龍鍾還忝二千石하니 愧爾東西南北人이라 (禮記、孔子旣得合葬於防、曰吾聞之古也、墓而不墳、丘也、東西南北之人也、不可以弗識也)

流夜郞贈辛判官　李太白

昔在長安醉花柳하야 五侯七貴同盃酒라 (漢王氏五侯、梁氏七貴、皆貴戚也) 氣岸遙凌豪士前하니 風流肯落他人後아 夫子紅顔我少年이니 章臺走馬著金鞭이라 文章獻納麒麟殿이오 歌舞淹留玳瑁筵이라 與君相謂長如此러니 寧知草動風塵起오 函谷忽驚胡馬來하니 秦宮桃李向誰開오 我愁遠謫夜郞去하니 何日金雞放赦回오 (唐中書令放赦日、植金雞於仗南、竿長七丈、鷄首銜絳幡七尺、以放赦、)

醉後答丁十八以詩譏予搥碎黃鶴樓

(太白詩、我且爲君搥碎黃鶴樓、君亦爲吾倒却鸚鵡洲)

黃鶴高樓已搥碎하니 黃鶴仙人無所依라 黃鶴上天訴上帝하니 却放黃鶴江南歸라 神明太守再雕飾하야 新圖粉壁還芳菲라 一州笑我爲狂客하야 少年往往來相譏라 君平簾下誰家子오 云是遼東丁令威라 作詩掉我驚逸興하니 白雲遶筆窓前飛라 待取明朝酒醒罷하야 與君爛熳尋春輝라

君平、嚴遵字也

續搜神記、遼東城門、有華表柱、白鶴集其上、言詩云、有鳥有鳥丁令威、去家千歲今來歸、城郭如故人民非、何不學仙冢纍纍、

采石月贈郭功甫　　梅聖兪

此詩謂郭功甫爲李白後身也

采石月下訪謫仙하니 夜披錦袍坐釣船이라 醉中愛月江底懸하야 以手弄月身翻然이라 不應平聲 暴落飢蛟涎이오 便當騎鯨上青天이라 青山有冢人謾傳하니 却來人間知幾年고 在昔孰識汾陽王고 納官貰音世 死義難忘이라 今觀郭裔奇俊郎하니 眉目眞似攻文章이라 死生往復猶康莊하니 樹穴探環知姓羊이라

白客并州、識汾陽王郭子儀於行伍間、爲脫其刑責、而奬重之、及白、坐永王之事、子儀功成、請以官爵、贖白罪、因而免誅

康莊、街道也

羊祜、年五歲、令乳母、取所弄金環、乳母曰汝先無此物、祜、即詣鄰人李氏東垣桑木中、探得之、主人驚曰此、吾亡兒所失物也、乳母具言之、知李氏子、則祜前身也

把酒問月　　李太白

青天有月來幾時오 我今停盃一問之라 人攀明月不可得이나 月行却與人相隨라 皎如飛鏡臨丹闕하니 綠煙滅盡清輝發이라 但見宵從海上來오 寧知曉向雲間沒고 玉兎擣藥秋復春하니 姮娥孤栖與誰鄰고 今人不見古時月이나 今月曾經照古人이라 古人今人若流水하니 共看平聲 明月皆如此라 惟願當歌對酒時에 月光長照金樽裏라

枏木爲風雨所拔歎

杜子美

倚江枏(音南、亦作楠、俗作枏、爾雅、梅枏、說文、葉似桑、子似杏而酸)樹草堂前을 故老相傳二百年이라 誅茅卜居總爲此러니 五月髣髴聞寒蟬이라 東南飄風動地至하니 江翻石走流雲氣라 幹排雷雨猶力爭터니 根斷泉源豈天意아 滄波老樹性所愛니 浦上童童一青盖라(蜀先主、舍東南、有束木童童、如車盖、) 野客頻留懼雪霜이오 行人不過聽竽籟라 虎倒龍顚委榛棘하니 淚痕血點垂胸臆이라 我有新詩何處吟고 草堂自此無顏色이라

梗枏杞梓、天下之良材、枏樹爲風雨所拔、喩嚴武之死、如虎倒龍顚、使草堂無所棲託、故歎云自此無顏色也

題太乙眞人蓮葉圖

韓子蒼

漢元狩中、東南守臣、言每見有異人、乘大蓮葉、如舟、汎水上、臥而觀書、邑人聚觀、異人不見、惟蓮葉及書有焉、皆古篆文、遍問莫能識、唯東方朔、識之、曰此天神太乙之秘書也、太一所見、其國太平、遂衍其文、以傳於世、今五福數學之書也、太一之星、十六、其一曰五福、即太一主星也

太乙眞人蓮葉舟로 脫巾露髮寒颼颼라(音蒐) 輕風爲帆浪爲檝하니 臥看玉字(指所觀之書、或作玉字者非)浮中流라 中流蕩漾翠綃舞하니 穩如龍驤(晋王濬爲龍驤將軍、造大艦伐吳)萬斛擧라 不是峯頭十丈花면 世間那得葉如許오(韓、古意、太華峯頭玉井蓮、開花十丈藕如船、) 龍眠(舒州山名、李公麟、字伯時、安慶人、元祐登第、工草書及畫、元符中、歸老此山、自號龍眠居士、)畫手老入神하니 尺素幻出眞天人이라 恍然坐我水仙府하니 蒼烟萬頃波粼粼이라 玉堂學士今劉向이니(字子政、又名更生、漢宗室、仕至中壘校尉、) 禁直(宮省門閣、皆有禁、漢尙書郞、主作文章、幷夜直宿、有當直寓直之名、故稱禁直)岧嶢九天上이라 不須對此融心神이니 會植青藜夜相訪이라(劉向、校書、天祿閣、夜有老父、手植青藜杖、扣閣而進、乃吹杖端烟光、照見向、在暗中讀書、曰我太乙之精、)

宋翰林曰玉堂之署

哀江頭

杜子美

是年、初復東京、公、潛行曲江、有感而賦、

少陵野老呑聲哭하니 春日潛行曲江曲이라 京兆、朱雀街東、龍葉寺南、有流水屈曲、謂之曲江、 江頭宮殿鎖千門하니 細柳新蒲爲音位誰綠고 憶昔霓旌下南苑에 南苑即芙蓉苑 苑中萬物生顔色이라 昭陽殿裏第一人이 謂楊妃也 同輦隨君侍君側이라 輦前才人帶弓箭하니 白馬嚼齧黃金勒이라 翻身向天仰射雲하니 一箭正墜雙飛翼이라 明眸皓齒今何在오 血汚遊魂歸不得이라 謂上皇、駕次馬嵬、六軍不發、賜貴妃死、 清渭音謂 東流劍閣深하니 去住彼此無消息이라 渭水名、在長安、水清故曰清渭、劍閣、蜀劍門山、上有棧道、故曰劍閣、時安祿山作亂、明皇幸蜀、 人生有情淚沾臆하니 江水江花豈終極고 黃昏胡騎去聲塵滿城하니 欲往城南忘南北이라 欲往城南省家、忘南而走北也、

燕思亭　　馬子才

巨靈、山神也

李白騎鯨飛上天하니 江南風月閑多年이라 縱有高亭與美酒나 何人一斗詩百篇고 主人定是金龜老니 未到亭中名已好라 紫蟹肥時晚稻香이오 黃鷄啄處秋風早라 我憶金鑾殿上人이 醉著宮錦烏角巾이라 巨靈劈山洪河竭이오 長鯨吸海萬壑貧이라 如傾元氣入胷腹하니 須臾百媚生陽春이라 讀書不必破萬卷이니 筆下自有鬼與神이라 杜詩、讀書破萬卷、下筆如有神 我曹本是狂吟客이니 寄語溪山莫相憶하라 他年須使襄陽兒로 再唱銅鞮滿街陌이라

虞美人草　　曾子固

玉斗、范增事也

鴻門玉斗紛如雪하니 十萬降兵夜流血이라 咸陽宮殿三月紅하니 咸陽秦都 霸業已隨煙燼徐刃反火餘也滅이라 剛强必死仁義王이니 陰陵失道非天亡가 英雄本學萬人敵이니 何用屑屑悲紅粧고 三軍散盡

旌旗音其倒하니 玉帳將軍之帳 佳人坐中老라 香魂夜逐劒光飛하니謂、虞美人、自刎 青血化爲原上草라 芳心寂寞寄寒枝하니 舊曲聞來似斂眉라 哀怨徘徊愁不語하니 恰如初聽楚歌時라 滔滔逝水流今古하니 漢楚興亡兩丘土라 當年遺事久成空하니 慷慨樽前爲誰舞오

刺少年 刺七賜反、擧其事而譏之也、少去聲　李長吉

青驄馬肥金鞍光하니 龍腦入縷羅衣香이라 美人狎音匣近也 坐飛瓊觴하니 貧人喚云天上郞이라 別起高樓連碧篠하니 絲曳紅鱗出深沼라 有時半醉百花前하고 背把金丸落飛鳥라 自說生來未爲客이오 一身美妾過三百이라 豈知斸地種田家에 官稅頻催沒人織고 長音丈 金積玉誇豪毅하니 每揖閑人多意氣라 生來不讀半行音杭 書하고 只把黃金買身貴라 少年安得長少年고 海波尙變爲桑田이라 列仙傳、麻姑謂王方平、曰自接待以來、見東海三變爲桑田、向到蓬萊、水乃淺於往者、方平曰、東海行復揚塵耳 枯榮遞傳去聲 急如箭하니 天公豈肯爲去聲君偏고 莫道韶華鎭長在하라 白頭面皺專相待라

驪山　蘇子瞻

在京兆府昭應縣、有溫陽泉明皇、建華清宮于此山下

君門如天深幾重고 君王如帝天帝 坐法宮正殿이라 人生難處是安穩이니 何爲來此驪山中고 複道閣道 凌雲接金闕하니 樓觀音貫 隱煙橫翠空이라 林深霧暗迷八駿하니 周穆王、得八駿馬、周行天下、將皆有車轍馬跡、絶地、翻羽、奔霄、越影、踰輝、迢光、騰露、快翼 朝東暮西勞六龍이라 天子法駕、前六馬、故稱六龍、取乾六龍之義 六龍西幸天子所至曰幸 峨眉蜀山名 棧하니 悲風便入華清

醯鷄、蠛蠓也

三風十愆、見尙書

院이라 霓裳蕭散羽衣空하니 麋鹿來遊猿鶴怨이라 我上朝音潮 元春半老하니 滿地落花無人掃라 羯鼓樓高掛夕陽하니 長生殿古生青草라 可憐吳楚兩醯鷄는 築臺未就已堪悲라 長楊五柞音昨 漢幸免이오 漢武帝建長楊、五柞宮、幸免喪亡、 江都樓成隋自迷라 隋煬帝、開汴河爲江都之遊、浙人項昇、進新宮圖、營建既成、幸之曰使眞仙遊此、亦當自迷、可目之曰迷樓、 由來流連多喪去聲德이니 宴安鴆 直禁反、毒鳥也、黑身赤目、食蝮蛇、以其毛羽、歷飮食則殺人、 毒因奢惑이라 左傳、宴安鴆毒、不可懷也、注、宴安之禍、甚鴆毒 三風十愆古所戒니 不必驪山可亡國이라

明河篇　宋之問

武后時、少俊有文才者、多補北門學士、之問求之、后不許、曰宋之問有口過、遂作明河篇自況、明河、喩后而自傷其不見親寵也、

八月涼風天氣晶音精하니 萬里無雲河漢明이라 昏見音現 南樓清且淺千上하니 曉落西山縱復橫이라 洛陽城闕天中起하니 長河夜夜千門裏라 複道連甍共蔽虧하니 畫堂瓊戶特相宜라 雲母帳前初汎濫이오 水精簾外轉逶音威迤音移라 倬音卓 彼昭回如練音湅白하니 詩云、倬彼雲漢、昭回于天、 復出東城接南陌이라 南北征人去不歸하니 誰家今夜擣寒衣오 鴛鴦機上踈螢度오 烏鵲橋邊一雁飛라 淮南子、烏鵲塡河而渡織女、 雁飛螢度愁難歇하니 坐見明河漸微沒이라 已能舒卷任浮雲하니 不惜光輝讓流月이라 明河可望不可親하니 願得乘槎一問津이라 更將織女支機石하야 還訪成都賣卜人이라 博物志、有人、乘槎到天河、見婦人織、丈夫飮牛、還問嚴君平、君平云、某年某月、客星犯斗牛、即其人也、

題磨崖碑　黃山谷

碑、在道州浯溪上、刺史元結、製頌、顏眞卿書、磨崖石而刻之、○唐天寶十四載、安祿山、陷洛陽、明年陷長安、玄宗幸蜀、太子即位於靈武、明年、皇帝移軍鳳翔、其年復兩京、上皇還京師、元結刻頌於浯溪石、

天子九廟

頤指、以頤指便也

春風吹船著浯溪하니 扶藜上讀中興碑라 平生半世看墨本하니 摩挲石刻鬢如絲라 明皇不作苞桑計하야 (易、其亡其亡繫于苞桑、) 顚倒四海由祿兒라 (安祿山、本營州雜胡、出入禁中、通於貴妃、因請爲貴妃兒、) 九廟不守乘輿西하니 萬官奔竄鳥擇棲라 撫軍監(平聲)國太子事니 (古太子、君行則守、有守則從、從曰撫軍、守曰監國、) 何乃趣(音促迫也)取大物爲오 (大物、帝位、○譏肅宗無所受命而自立、) 事有至難天幸耳니 上皇跼(音局曲也)蹐還京師라 內間張后色可否오 外間李父頤(音移)指揮라 (肅宗立、皇后張氏、私與政事、與李輔國、相助、多以私謁撓權、帝不能制、) 南內 (唐長安三內、皇城在西曰西內、大明宮在西內之東曰東內、興慶宮在東內之南曰南內、肅宗既立、尊明皇曰太上皇、上皇自蜀歸、愛興慶宮、遂居之、後李輔國、矯詔遷上皇於西內、) 凄凉幾苟活이오 高將軍去事尤危라 (高力士貶斥) 臣結春陵 (道州郡名) 二三策이오 臣甫杜鵑再拜詩라 (杜甫有杜鵑詩) 安知忠臣痛至骨고 後世但賞瓊琚(音居)詞라 同來野僧六七輩오 亦有文士相追隨라 斷崖蒼蘚對立久하니 涷雨爲洗前朝悲라

虢國夫人夜遊圖

蘇　子　瞻

(唐明皇、貴妃楊氏、三姊、封韓國、虢國、秦國三夫人、八姨卽、虢國夫人也、最承寵幸)

佳人自鞚(音鞚馬勒)玉花驄하니 翩如驚燕踏飛龍이라 金鞭爭道寶釵落하니 何人先入明光宮고 宮中羯鼓催花柳하니 (太平廣記、明皇好羯鼓催花、十月花柳未吐、命取羯鼓、臨軒擊一曲、名春光好及顧、柳杏皆已拆矣、上笑曰不喚我作天公、可乎、) 玉奴絃索花奴手라 (楊妃名玉環、玉奴謂楊妃、妃善琵琶、汝陽王璡、小名花奴、尤善羯鼓、帝嘗曰速召花奴、將羯鼓來、) 坐中八姨眞貴人이니 走馬來看不動塵이라 明眸皓齒誰復見고 只有丹青餘淚痕이라 人間俯仰成今古하니 吳公臺下雷塘路라 (隋煬帝、葬吳公臺下、唐平江南、改葬雷塘、在江都縣東北十里、) 當時亦笑張麗華가 不知門外韓擒虎라 (大業拾遺載、煬帝昏面滋深、嘗行吳公臺下、恍惚與陳後主遇、後主云、每憶張麗華、方憑臨春閣、作璧月詞、未終、見韓擒虎躍領萬騎、直來衝入、殿下還此逸遊、曩時何見罪之深也、帝叱之、不復見)

原本備旨懸吐註解 古文眞寶前集卷之五 終

古文眞寶前集卷之六

七言古風長篇

有所思　　宋之問

此篇、謂世變無常、老少更相禪代、深寓慨嘆之感、

洛陽城東桃李花는 飛來飛去落誰家오 幽閨(音圭) 兒女惜顏色하야 坐見落花長歎息이라 今年花落顏色改하니 明年花開復誰在오 已見松柏摧(徂回反)爲薪하고 (古詩、山中千歲松、摧爲地下薪) 更聞桑田變成海라 (麻姑謂王方平、曰自接待以來、已三見東海變爲桑田、) 古人無復洛城東이오 今人還對落花風이라 年年歲歲花相似나 歲歲年年人不同이라 (此句即人面不知何處去、桃花依舊笑風、之意) 寄言全盛紅顏子하노니 須憐半死白頭翁하라 此翁白頭眞可憐이니 伊昔紅顏美少(去聲)年이라 公子王孫芳樹下오 清歌妙舞落花前이라 光祿池臺文(飾也)錦繡오 將軍樓閣畫神仙이라 (光祿、唐官名、有金紫光祿大夫、銀青榮祿大夫、皆從一品、一曰光祿卿、掌營酒食、將軍、掌扈從、漢唐之時、此職親近天子、受承恩寵、富貴奢侈、故特言之) 一朝臥病無相識하니 三春行樂(音洛) 在誰邊고 (謂公子王孫、少年、享池臺樓閣歌舞之娛、一日老病、無復三春之行樂矣) 婉(宛) 轉蛾眉能幾時오 須臾鶴髮(白髮)亂如絲라 但看古來歌舞地에 惟有黃昏鳥雀飛라 (古人歌舞行樂處、今皆荒凉、黃昏惟見鳥雀矣)

荔枝歎　　蘇子瞻

此篇、譏臣子貢花果、以媚其上、貽百姓無窮之害

十里一置飛塵灰하고 (置、今驛路、十里雙碑也) 五里一堠兵火催라 (堠音候今、五里碑、) 顚(墜也) 坑仆(音赴 偃也) 谷相枕(去聲) 藉(慈夜反)하니 知是荔枝龍眼來라 飛車跨山鶻橫海하니 風枝露葉如新採라 宮中美人一破顏하니 (楊貴妃、好食生荔枝、以進)

驚塵濺(音箭)血流千載라(上聲) 永元荔枝來交州하니(今交趾、漢和帝時、嘗貢荔枝) 天寶歲
(駝載、七日七夜至京、人馬俱斃、唐人詩云、一騎紅塵妃子笑、無人知是荔枝來)貢取之涪라(音浮東川州名) 至今欲食林甫肉이나(李林甫、相玄宗、不能諫止荔枝之貢、天下怨之、欲食其肉) 無人擧觴(音傷) 酹伯游라(唐羌、爲臨武長、上書言貢
荔枝之弊、和帝罷之) 我願天公憐赤子하야 莫生尤物爲瘡痏하라 雨順風調百穀登하야 民不飢寒爲上瑞라 君
不見武夷溪邊粟粒芽아(建安武夷茶、爲天下絕品、) 前丁後蔡相籠加라(大小龍茶、始於丁謂而成於蔡襄、歐陽公聞襄、進小龍團、嘆曰君謨、士人也、何至作此事、) 爭新
買寵(音冢) 各出意하니 今年鬪品充官茶라 吾君所乏豈此物가 致養口體何陋邪오(音耶) 洛陽相
君忠孝家나(謂錢惟演) 可憐亦進姚黃花라(牧丹千葉黃、最爲絕品出洛陽姚家、一歲纔數朵)

定惠院海棠

(院在黃州○子瞻序云、寓居定惠院之東雜花滿山、有海棠一株、土人不知貴也、)

江城地瘴蕃草木하니 只有名花苦幽獨이라 嫣(虛延反 笑貌)然一笑竹籬間하니(登徒子賦、嫣然一笑、惑陽城迷下蔡、) 桃李漫山
總麤(音粗) 俗이라 也知造物有深意하여 故遣佳人在空谷이라(杜、絕代有佳人、幽居在空谷、) 自然富貴出天姿니 不待
金盤薦華屋이라 朱脣得酒暈(音運 痕也) 生臉하고(面頰) 翠袖卷紗紅映肉이라(此二句、形容花之顏色、最妙) 林深霧暗曉光遲하니
日暖風輕春睡足이라 雨中有淚亦悽慘이오 月下無人更淸淑이라 先生食飽無一事하야 散步逍
遙自捫腹이라 不問人家與僧舍하고 拄杖敲(平聲) 門看脩竹이라 忽逢絕艶照衰朽하고 歎息無言揩(音開)
病目이라 陋邦何處得此花오 無乃好事移西蜀가 寸根千里不易到니 銜子飛來定鴻鵠이라 天
涯流落俱可念이니 爲飮一樽歌此曲하라 明朝酒醒還獨來면 雪落紛紛那忍觸고

陶淵明寫眞圖

謝 幼 槃

淵明歸去潯陽曲하니(潯陽江州郡名) 杖藜蒲鞵(鞋同) 巾一幅이라 陰陰老樹囀黃鸝오(音黎) 艶艶東籬粲霜菊이라

世紛無盡過眼空하니 生事不豐隨意足이라 廟堂之姿老蓬蓽하니 環堵蕭條僅容膝이라 大兒頑鈍懶詩書하고 (責子詩、阿舒已二八、懶惰故無匹、) 小兒嬌癡愛梨栗이라 老妻日暮荷(上聲)鋤歸하니 (陶詩、帶月荷鋤歸) 欣然一笑共蝸室이라 哦詩未遣愁肝腎하야 醉裏呼兒供紙筆이라 時時得句輒寫之하니 五言平淡用一律이라 田家酒熟夜打門하니 (陶詩、歸去來山中、山中酒應熟) 頭上自有漉酒巾이라 老農時問桑麻長하고 (上聲、陶詩相見無雜言、但道桑麻長、) 提壺挈榼來相親이라 一樽徑醉北窓臥하야 蕭然自謂羲皇人이라 (李詩清風北窓下、自謂羲皇人) 此公聞道窮亦樂하야 (音洛) 容貌不枯似丹渥이라 (音惡、詩、顔如渥丹、) 儒林紛紛隨溷(渾去)濁하니 山林高義久寂寞이라 假令(平聲) 九原今可作이면 擧公籃輿(今之竹山轎) 也不惡이라 (末、謂世俗溷濁、久無山林道義之風、使淵明復生、雖爲之執僕役、亦不爲惡也、)

(九原、地下也、見左氏)

桃源圖

(按陶淵明、叙桃源事云、先世避秦、隱居於此、後人不深考、因謂秦人至晋、猶有不死、指以爲神仙、惟韓退之、桃源圖、王介甫、桃源行、東坡、和桃源詩、深得淵明之指也)

韓退之

神仙有無何渺茫고 桃源之說誠荒唐이라 (晋太康中、武陵人、捕魚從溪行、忘路遠近、逢桃林夾岸、無雜花果、云秦人避世至此、) 流水盤廻山百轉하니 生綃數幅垂中堂이라 武陵(今常德) 太守好事者니 題封遠寄南宮下라 (時愈、爲禮部郎中) 南宮先生忻得之하니 波濤入筆驅文辭라 文工畫妙各臻極하니 異境恍惚移於斯라 架巖鑿(音昨)谷開宮室하니 接屋連墻千萬日이라 嬴(秦姓) 顚劉(漢姓) 蹶了不聞하고 地坼天分非所恤이라 種桃處處惟開花하니 川原遠近蒸紅霞라 初來猶自念鄕邑더니 歲久此地還成家라 漁舟之子來何所오 物色相猜更問語라 大蛇中斷喪前王이오 群馬南渡開新主라 (晉書元帝即位建鄴、童謠云、五馬浮渡江、一馬化爲龍、) 聽終辭絶共悽然하니 自說經今六百年이라 當時萬事皆眼見하니 不知幾許猶流傳이라 爭持牛酒來相饋하니 禮數不同樽俎

(禮部、爲南省、亦稱南宮)

(大蛇、漢高祖事)

異라 月明伴宿玉堂空하니 骨冷魂淸無夢寐라 夜半金鷄啁音朝哳鳴하니 楚辭、鵾鷄啁哳而悲鳴 火輪飛出客心驚이라 火輪日也 人間有累不可住하니 依然離別難爲情이라 船開棹進一回顧하니 萬里蒼茫煙水暮라 世俗寧知僞與眞고 至今傳者武陵人이라 眞僞不可辨、應起句神仙渺茫之說

書王定國所藏煙江疊嶂圖王晉卿畫 蘇東坡

江上愁心三疊山이 張說、有江上愁心賦 浮空積翠如雲煙이라 山耶雲耶遠莫知러니 援得好 煙空雲散山依然이라 但見兩崖蒼蒼暗하니 絕谷中有百道飛來泉이라 縈林絡石隱復見하니 下赴谷口爲奔川이라 川平山開林麓斷하니 小橋野店依山前이라 行人稍度橋木外하니 漁舟一葉江呑天이라 此極畫趣 使君何從得此本고 點檢毫末分淸姸이라 不知人間何處有오 此境徑欲往置二頃田이라 君不見武昌樊口幽絕處아 東坡先生留五年이라 春風搖江天漠漠하고 暮雲捲雨山娟娟이라 丹楓翻鴉伴水宿하니 長松落雪驚醉眠이라 桃花流水在人世하니 武陵豈必皆神仙가 江山淸空我塵土하니 雖有去路尋無緣이라 還君此畫三嘆息하니 山中故人이 應有招我歸來篇이라 左太冲有招隱篇

寄盧仝 時韓公爲洛陽令 韓退之

玉川先生洛城裏에 仝、居東都、自號玉川子 破屋數間而已矣라 一奴長鬚音須不裹頭오 一婢赤脚老無齒라 辛勤奉養十餘人하니 上有慈親下妻子라 先生結髮憎俗徒하 閉門不出動一紀라 一紀、十二年也 至令鄰僧乞米送하니 僕忝縣尹能不恥아 俸錢供給公私餘로 時致薄少助祭祀라 勸叅留守謁大尹하니 洛陽、本漢都、故置重臣留守 府尹也 言語纔音才及輒掩耳라 水北山人 石洪、字濬川居洛之北涯 得名聲하니 去年去作

幕音莫 下士라 水南山人溫造字簡輿、居水之南涯 又繼往하니 鞍馬僕從去聲 塞閭里라 少去聲 室山人索價高하야 李渤、字濬之、涉之兄、初隱廬山、後隱嵩岳少室山、上書言時政、徵之不起 兩以諫官徵不起라 彼皆刺七亦反 口論世事하니 有力未免遭驅使라 先生事業不可量이니平聲 惟用法律自繩己라 春秋三傳春秋、有左氏公羊氏穀梁氏三傳、傳去聲 束高閣하고 獨抱遺經究終始라 往來弄筆嘲陟交反 同異하니仝與馬異詩、同不同異不異 恠辭驚衆謗不已라 近來自說尋坦途하니 猶上虛空跨騄駬라 去歲生兒名添丁하니唐制二十成丁 意令與國充耘音云 耔라 國家丁口連四海하니 豈無農夫親耒雷去 耜오音似 先生抱才終大用이나 宰相去聲 未許終不仕라 假如不在陳力列이면 立言垂範音范 亦足恃라音示 苗裔當蒙十世宥니左、襄二十一年、社稷之臣也、猶將十世宥之、以勸能者 豈謂貽移 厥無基址오音止、詩、詒厥孫謀 故知忠孝出天性하니 潔身亂倫安足擬아 昨夜長鬚來下狀하니 隔墻惡音渥 少惡難似라 每騎音奇 屋山下窺缺規反 瞰하니苦暫反 渾胡昆反 舍驚怕走折趾라音止 憑依婚媾句去 欺官吏하니 不信令去聲 行能禁止라 先生受屈未曾語하니 忽此來告良有以라 嗟我身爲赤縣尹하니京邑曰赤縣、洛水東京故亦曰赤縣 操權不用欲何俟오 立召賊曹掌刑之椽 呼五百하야韋昭曰五百、本作伍陌、伍當也、陌道也、使人導引、當道陌中、以驅除也、今俗呼行杖人爲五百 盡取鼠輩賊人 尸殺也 諸市라 先生又遣長鬚來면 如此處置非所喜라 況又時當長上聲 養節하니 都邑未可猛政理라 先生固是余所畏니 度量不敢窺涯涘라似 放縱是誰之過歟오 效尤戮音陸 僕僕奴 愧前史라若效尤晉之魏絳、戮楊干之僕、有愧於春秋之前史 買羊沽音姑 酒謝不敏하니 偶逢明月耀桃李라 先生有意許降臨이면 更遣長鬚致雙鯉하라雙鯉書也

李伯時畫圖

邢敦夫

山谷之弟、黃知命、衣白衫騎驢、緣道搖頭而歌、陳履常、負杖挾囊于後、一市大驚、李伯時因畫爲圖、邢敦夫、爲作長歌、

長安城頭烏欲棲하니 音栖○李詩、黃雲城邊烏欲栖 長安道上行人稀라 浮雲卷 音卷 盡暮天碧하니 但有明月流淸輝라 君獨騎驢向何處오 頭上倒著白接䍦라 音離、世說、接䍦乃襴衫、非帽也 長吟搔首望明月하니 不學山翁醉似泥라 到得城中燈火鬧하니 小兒拍手攔 音蘭 街 音皆 笑라 事見襄陽歌 道傍觀者那得知오 相逢疑是商山皓라 商山四皓 龍眠居士畫無比하니 搖毫弄筆長風起라 酒酣閉目望窮途하니 紙上軒昂無乃似라 君不學長安遊俠誇年少아 臂鷹挾彈章臺道라 君不能提携長劍取靈武아 靈武、西方邊郡也、方與夏人相爭 指揮猛士驅貔虎라 胡爲脚踏梁宋塵하고 終日飄飄無定所오 武陵桃源春欲暮하니 事見桃源行注 白水靑山起烟霧라 竹杖芒鞋歸去來하니 頭巾好掛三花樹라

原本備旨懸吐註解

古文眞寶前集卷之六 終

原本備旨懸吐註解 古文眞寶前集卷之七

長短句

將進酒 二首

李太白

君不見黃河之水天上來아 奔流到海不復廻라 又不見高堂明鏡悲白髮아 朝如青絲暮如雪이라(設二辭引起) 人生得意須盡歡이니 莫把金樽空對月하라(引入進酒意) 天生我材必有用이니 千金散盡還復來라 烹羔(音膏)宰牛且爲樂(音洛)이니 會須一飮三百杯라 岑夫子、丹丘生아(岑勛、元丹丘、當時與二人同會、) 與君歌一曲하니 請君爲我聽하라 鍾鼎玉帛不足貴오 但願長醉不願醒이라 古來賢達皆寂寞호대 惟有飮者留其名이리 陳王昔日宴平樂하니(音洛、鄴中房名) 斗酒十金恣歡謔이리 主人何爲言少錢고 且須沽酒對君酌하라 五花馬、千金裘를 呼兒將出換美酒하야 與爾同銷萬古愁라

陳王、陳思王曹植

又

李長吉

琉璃鍾(酒器也、從重、或從童者非) 琥珀(上音虎、下音拍、松脂入地千年、爲琥珀、酒色似之、) 濃하니 小槽酒滴眞珠紅이라 烹龍炮鳳玉脂泣하니 羅幃繡幕圍香風이라 吹龍笛、擊鼉鼓하니 皓齒歌、細腰舞라 況是青春日將暮하니 桃花亂落如紅雨라 勸君終日酩酊(音頂)醉하라 酒不到劉伶墳上土니라(晉劉伶、字伯倫、好飮酒、每出、携鍤自隨、語人曰遇醉死、輒即埋我、)

觀元丹丘坐巫山屛風

李太白

(巫山峽、在峽州、首尾百六十里、宋玉、高唐賦、楚襄王游於雲夢、夢婦人曰妾、在巫山之陽高丘之阻、朝爲行雲、暮爲行雨、朝朝暮暮、陽臺之下)

昔遊三峽見巫山하니 見畫巫山宛相似라 疑是天邊十二峯이(夔州巫山有十二峯、望霞、翠屏、朝雲、松巒、集仙、聚鶴、淨壇、上昇、超雲、飛鳳、登龍、聖泉、神女廟)

(居其下) 飛入君家彩屛裏라 寒松蕭瑟如有聲하고 陽臺微茫如有情이라 錦衾瑤席何寂寞고 楚王神女徒盈盈이라 高丘咫尺如千里하니 翠屛丹崖粲如綺라 蒼蒼遠樹圍荊門하고 (地名、在峽東江陵北) 歷歷行舟汎巴水라 (在蜀中) 水石潺湲萬壑分하니 煙光草色俱氳氛이라 溪花笑日何時發이며 江閣聽猿幾歲聞고 使人對此心緬邈하니 疑入高丘夢綵雲이라

(高丘咫尺如重)

三五七言

秋風淸、秋月明하니 落葉聚還散이오 寒鴉栖復驚이라 相思相見知何日고 此時此夜難爲情이라

登梁王栖霞山孟氏桃園中

碧草已滿地하니 柳與梅爭春이라 謝公自有東山妓하니 (謝女栖遲東山放情丘壑好音樂每遊賞必以妓從) 金屛笑坐如花人이라 今日非昨日이오 明日還復來라 白髮對綠酒하니 强歌心已摧라 君不見梁王池上月가 昔照梁王樽酒中이더니 梁王已去明月在하니 黃鸝愁醉啼春風이라 分明感激眼前事하니 莫惜醉臥桃園東하라

(梁王、漢梁孝王)

高軒過 (軒車也、過音戈、李賀、七歲能詞章、韓愈、皇甫湜、過其家、使賀賦詩、援筆輒就、名高軒過)

李長吉

華裾(音居) 織翠靑如葱(音聰)하니 金環壓轡搖玲瓏이라 馬蹄隱耳聲隆隆하고 入門下馬氣如虹하니 云是東京才子文章鉅公이라 (已上言二公衣服車馬之華飾也) 二十八宿(音秀) 羅心胸하니 元精炯炯貫當中이라 殿前作賦聲摩空하니 筆補造化天無功이라 龐眉書客感秋蓬하니 誰知死草生華風고 我今垂翅附冥鴻하니

(東京、洛陽也、冥鴻、高飛也)

姮娥、月宮女

蝦蟆、蝕月

他日不羞蛇作龍이라

有所思　盧仝

詩中所謂美人、即詩、彼美人兮西方之人兮之意

當時我醉美人家하니 美人顏色嬌如花라 今日美人棄我去하니 青樓珠箔(音泊 簾也) 天之涯라 娟娟姮娥月이 三五二八盈又缺이라 翠眉蟬鬢生別離하니 一望不見心斷絶이라 心斷絶、幾千里오 夢中醉臥巫山雲하니 覺(音教) 來淚滴湘江水라 湘江兩岸花木深하니 美人不見愁人心이라 含愁更奏綠綺琴하니(司馬相如琴名) 調(去聲 曲譜) 高絃絶無知音이라 美人兮美人이여 不知爲暮雨兮爲朝雲이라 相思一夜梅花發하니 忽到窓前疑是君이라

行路難　張轂

湘東行人長歎息하니 十年離(去聲) 家歸未得이라 翠裘羸馬苦難行하니 僮(音童) 僕盡飢(音箕) 少筋(音斤) 力이라 君不見牀頭黃金盡이면 壯士無顏色가 龍蟠(音盤) 泥中未有雲이면 不能生彼昇(音升) 天翼이라

邀月亭　馬子才

亭上十分綠醑(胥 上) 酒오 盤中一筯(除 去) 黃金鷄라 滄溟東角邀姮娥하니 氷輪碾(音輾) 上青琉璃라 天風洒掃浮雲沒하니 千巖萬壑瓊瑤窟이라 桂花飛影入盞來하니 傾下胷中照淸骨이라 玉兎擣藥與誰餐고 且與豪客留朱顏이라 朱顏如可留면 恩重如丘山이라 爲君殺却蝦蟆精하니 腰間老劒光芒寒이라 擧酒勸明月하노니 聽我歌聲發하라 照見古人多少愁니라 更與今人照離別이라 我曹

(酈食其、稱高陽酒徒)

自是高陽徒라 肯學群兒嘆圓缺가

長 淮 謠

(屈原、沉汨羅葬於魚腹)(伍子胥棄尸江中、化爲神白馬乘潮)

長淮之水青如苔하니 行人但覺心眼開라 湘江豈無水하야 魚腹忠魂埋오리 但見愁雲結雨猿聲哀라 浙江豈無水하야 鴟革漂胥骸(音孩)리오 但見潮頭怒氣如山來라 孤臣詞客到江上하니 何以寬心懷오 長淮之水遶楚流하니 先生家住淮上頭라 黃金萬斛浴明月하니 碧玉一片含淸秋라 酒光入面歌一聲하니 淮上百物無閑愁라

贈寫眞何秀才(秀材名充)　蘇 子 瞻

君不見潞州別駕眼如電가(潞州別駕唐明皇也) 左手挂(音卦)弓橫撚(乃殄反)箭이라(尙書譚錄云明皇、有一目微斜、故作橫撚箭之狀) 又不見雪中騎驢孟浩然가 皺(鄒去)眉吟詩肩聳山이라(或問鄭綮、詩思、對曰詩思、在灞橋雪中驢子上、) 饑寒富貴兩安在오 空有遺像留人間이라(飢寒謂浩然、富貴、謂明皇二者皆歸於滅沒、) 此身常擬(疑上)同外物하니 浮雲變化無蹤跡이라 問君何苦寫我眞고 君言好之聊(音遼)自適이라 黃冠野服山家容을 意欲置我山巖中하라(愷愷之、爲謝琨像、在石巖裏、云此子宜置丘壑中) 勳(音欣)名將(去聲)相(去聲)今何恨고 佳寫褒公與鄂(昂入)公하라(杜詩丹青引、褒公鄂公毛髮動、英姿颯爽來酣戰、褒公段志玄、鄂公尉遲敬德也、)

(臧與穀、一是一非而亡羊則同也、亡羊失羊也)

薄 薄 酒(兩章此選其首章)

薄薄酒、勝茶湯이오 粗粗(倉胡反)布、勝無裳이라 醜妻惡妾勝空房이라 五更待漏靴滿霜이 不如三伏日高睡足北窓凉이오 珠襦玉匣萬人祖送歸北邙(音忙)이 不如懸鶉(音淳、子夏之衣、懸結如鶉)百結獨坐負朝陽이라 生前富貴死後文章이 百年瞬(音舜)息萬世忙이라 夷齊盜跖(音隻)俱亡羊하니 不如眼前

(於潛、邑名)

一醉하야 是非憂樂(音洛) 都兩忘이라

於潛令刁同年野翁亭

山翁不出山하고 溪翁長在溪라 不如野翁來往溪山間하야 上友麋(音眉) 鹿下鳧鷖라 問翁何所樂고 三年不去煩推擠라 翁言此間亦有樂하니 非絲非竹非蛾眉라 山人醉後鐵冠落하고 (天目山唐道士常冠鐵冠) 溪女笑時銀櫛(仄瑟反) 低라 (於潛婦女皆插大銀櫛長尺許謂之逢沓) 我來觀政問風謠(音遙)하니 皆云吠犬足生氂라 (音釐 岑熙爲魏郡太守人歌之曰我有枳棘岑君伐之我有蟊賊岑君遏之吠犬不驚足下生氂) 但恐此翁一旦捨此去하야 長使山人索寞溪女啼라

太行路 白樂天

(太行山名、在今懷孟河內縣、爲天下之脊上有九折坂、最爲險絶)

(參商、二星名)

(左納言、右納史、漢官名)

太行(音杭)之路能摧車나 若比君心是坦途오 巫峽之水能覆舟나 (峽州有三峽、明月峽、巫山峽、廣澤峽、其水至險、) 若比君心是安流라 君心好(去聲) 惡(去聲) 苦不常하야 好生毛髮惡生瘡이라 (音倉) 與君結髮未五載에 (設爲婦人之辭) 豈期牛女爲參商고 古稱色衰相棄背라도 (音佩) 當時美人猶怨悔어든 何況如今鸞鏡中에 (罽賓王獲一雌鸞、絶不鳴、一日懸鏡于庭、鸞見鏡中影、遂起鳴、舞而絶、) 妾顔未改君心改오 爲(去聲) 君熏(音欣) 衣裳이나 君聞蘭麝不馨香이오 爲(去聲) 君盛容飾이나 君看珠翠無顔色이라 行路難、難重陳하니 人生莫作婦人身하라 百年苦樂(音洛) 由他人이라 行路難、難於山險於水하니 不獨人間夫與妻오 近代君臣亦如此라 (說出一篇主意) 君不見左納言右納史아 朝承恩暮賜死라 行路難이 不在水不在山하고 秖(音只) 在人情反覆間이라

七德舞

(唐太宗、爲秦王時、征伐四方、每克輒奏、故製樂舞、名秦王破陣樂、即位七年正月、改秦王破陣樂、曰七德故詩言太宗功德之盛)

七德舞七德歌는 傳自武德 高祖年號 至元和라 憲宗年號 元和小臣白居易난 觀舞聽歌知樂 音岳 意하고
曲終稽首陳其事라 太宗十八擧義兵하야 白旄 音毛 黃鉞 音曰 定兩京이라 書牧誓、王、左仗黃鉞、右秉白旄、以麾 擒 音禽 充
戮 音陸 竇 音豆 四海淸하니 擒充、王世充弑隋越王侗據洛、稱鄭帝、戮竇、竇建德、據河間、稱夏王、武德四年、秦王、擊世充、建德來援、幷擒戮之 二十有四功業成이라 二十有九即
帝位하고 三十有五致太平이라 功成理定何神速고 速在推心置人腹이라 亡卒遺骸 音諧 散帛收하고
飢人賣子分金贖이라 魏徵夢見天子泣하고 徵、疾甚、帝親問疾、是夕、帝夢徵若平生、及且薨、帝臨哭爲之慟、 張謹哀聞辰日哭이라 張公謹、卒、上出次發哀、有
司奏、辰日忌哭、上曰君之於臣、猶父子也、情發於衷、安避辰日、 怨女三千放出宮하고 死囚四百來歸獄이라 六年、親錄囚徒、死罪者、三百九十人、縱之還家、期以明年秋、即刑、及期、囚皆詣朝堂、無後者、太
宗、嘉其誠信、悉赦之、 剪鬚燒藥賜功臣하니 李勣嗚咽思殺身이라 李勣嘗暴疾、帝乃自剪鬚以和藥、及愈入謝、頓首流涕 含血吮 全上 瘡 音倉 撫戰
士하니 思摩 貞觀十八年、征高麗、右衛大將軍李思摩、中毒矢、上、親爲吮血、將士、聞之皆感泣 奮 分去 呼乞效死라 則知不獨善戰善乘時오 以心感
人人心歸라 爾來一百九十載에 天下至今歌舞之라 歌七德舞七德하니 聖人有作垂無極이라
豈徒耀神武며 豈徒誇聖文이리오 太宗意在陳王業이니 王業艱難示子孫이라

磨崖碑後 註見前七言磨崖碑詩註 張文潛

玉環妖血無人掃하니 楊妃外傳、術士李遐周先、有詩曰若逢山下鬼、環子繫羅衣、山下鬼馬嵬也、妃、小字玉環、及死、力士、以羅巾縊焉 漁陽 今薊州、安祿山、以范陽兵反 馬厭長安草라 潼
關 即桃林塞、在今陝州潼音童 戰骨高於山하니 萬里君王蜀中老라 金戈鐵馬從西來하니 郭公凜凜英雄才라
謂郭子儀 擧旗爲風偃爲雨하니 洒掃九廟無塵埃라 元功高名誰與紀오 風雅不繼騷人死라 水部
胸 音凶 中星斗文이오 元結、爲水部、作大唐中興頌、 太師筆下龍蛇字라 太師顔眞卿、寫此頌刻碑 天遣二子傳將來하니 高山十丈
磨蒼崖라 誰持此碑入我室고 使我一見昏眸 音謀 開라 百年廢興增歎慨하니 當時數子今安

在오 君不見荒涼浯(牛都反) 水棄不收아 時有遊人打碑賣라

勸酒惜別　張乖崖

春日遲遲輾空碧하니 綠楊紅杏描春色이라 人生年少不再來니 莫把青春枉(音往) 拋(普交反) 擲하라 思之不可令人驚이니 中有萬恨千愁幷이라 今日就花始暢飮하니 坐中行客酸離情이라 我欲爲君舞長劒하니 劒歌苦悲人苦厭이라 我欲爲君彈瑤琴하니 淳風死去無回心이라 不如轉海爲飮花爲幄이니(音惡 幕也) 嬴(音盈) 取青春片時樂이라(音洛) 明朝疋馬嘶春風하니 洛陽花發臙脂紅이라 車馳馬走狂似沸하니 家家帳幕臨晴空이라 天子聖明君正少하니(去聲) 勿恨功名苦不早하라 富貴有時來니 偷閑强歡笑하고 莫與離憂買生老하라

古意　釋貫休

常思李太白이 仙筆驅造化라 玄宗致之七寶牀하니 虎殿龍樓無不可라 一朝力士脫靴後에 (太白嘗醉令高力士脫靴力士深以爲恥以白樂章飛燕事激妃子之怨怒) 玉上青蠅生一箇라 紫皇案前五色麟이 忽然掣斷黃金鎖라 五湖大浪如銀山하니 滿船載酒槌皷過라 賀老成異物하니 顚狂誰敢和오(去聲) 寧知江邊墳이 (白溺水葬于采石江邊) 不是猶醉臥오

(賀老、賀知章也)

蜀道難　李白

(論蜀道之險阻艱難、托興、譏世道之危險、人心之險巇也)

噫(音依) 嘘戲危乎高哉여 蜀道之難이 難於上青天이라 蠶叢(音宗) 及魚鳧는 (蜀王本紀曰蜀王之先名蠶叢栢灌魚鳧蒲澤開明從開明上到蠶

(蠶叢三萬四千歲成都記蠶叢之後有栢濩魚鳧皆蠶叢之子魚鳧治導江縣嘗獵湔山得道乘虎而去杜宇繼魚鳧) 開國何茫然고 爾來四萬八千歲에 不與秦塞通人烟이라 西當太白有鳥道하니 可以橫絶峨(音莪)嵋(音眉山名見前山月歌)巓이라 地崩山摧壯士死하니(昔蜀中無路入秦秦惠王聞蜀有五丁力士乃以鐵作牛詐稱其牛糞金蜀侯使五丁壯士開山作路取牛後五丁死蜀爲秦所滅○蜀王本紀曰天爲蜀王生五丁力士能徙山秦王獻美女於蜀王蜀王遣五丁力士迎女見大蛇入山穴中五丁共引蛇山崩壓殺五丁秦女上山化爲石) 然後天梯石棧相句連이라 上有六龍回日之高標하고 下有衝波逆折之回川이라 黃鶴之飛尙不能過오 猿猱欲度愁攀緣이라 靑泥(或曰嶺名) 何盤盤고 百步九折縈巖巒이라 捫參歷井(參井、秦蜀分野之星) 仰脅(音協)息하고 以手拊(音撫擊也)膺(胷也) 坐長歎이라(叶音灘) 問君西遊何時還고 畏途巉巖不可攀이라 但見悲鳥號(平聲)古木하니 雄飛從雌遶林間이라 又聞子規啼하니 夜月愁空山이라 蜀道之難이 難於上靑天하니 使人聽此凋朱顏이라 連峯去天不盈尺이오 枯松倒掛倚絶壁이라 飛湍(他端反) 瀑流爭喧豗(音灰相擊有聲)오 砯崖(音涯) 轉石萬壑雷라 其險也如此하니 嗟爾遠道之人이 胡爲乎來哉오 劍閣(利州隆慶府、有山、閣道至險、有大劍山、小劍山、相去三十里、連山絶險、飛閣相通) 崢嶸而崔(音摧)嵬하니 一夫當關萬夫莫開라 所守或匪親이면 化爲狼與豺라 朝避猛虎요 夕避長蛇니 磨牙吮(全上)血하고 殺人如麻라 錦城雖云樂이나 不如早還家라 蜀道之難이 難於上靑天하니 側身西望長咨嗟라

廬山高

歐陽永叔

(劉中允、字凝之、與歐陽公、同年、爲潁上令、棄官歸、徙居廬山之陽、歐公高其節、賦廬山高以美之、)

廬山高哉幾千仞兮여 根盤幾百里오 巀(音截高貌)然屹立乎長江이라 長江西來走其下하니 是爲揚瀾左里兮여 洪濤巨浪이 日夕相舂撞이라 雲消風止水鏡淨하니 泊舟登岸而遠望兮여 上摩

音磨 青蒼以晻(於感反)靄오 下壓后土之鴻(音洪大也)龐(莫江反厚也)이라 試往造乎其間兮여 攀緣石磴窺空谾이라 千巖萬壑響松檜요 懸崖巨石飛流淙(水聲)이라 水聲聒聒亂人耳하니 六月飛雪灑石矼(音江石橋)이라 仙翁釋子亦往往而逢兮여 吾嘗惡(去聲)其學幻而言哤(言卑而雜也)이라 但見丹霞翠壁遠近映樓閣이오 晨鍾暮鼓杳靄羅旛(音番)幢(旛屬)이라 幽花野草不知其名兮여 風吹霧濕香澗谷하고 時有白鶴飛來雙이라 幽尋遠去不可極하니 便欲絕世遺紛厖(雜也作龐字非)이라 羨君買田築室老其下하니 插秧盈疇兮여 釀酒盈缸이라 欲令浮嵐曖翠千萬狀하야 坐臥常對乎軒窗이라 君懷磊砢有至寶하니 世俗不辨珉(音民石之美者)與玒(音江玉名)이라 策名爲吏二十載에 青衫白首困一邦이라 寵榮聲利不可以苟屈兮여 自非青雲白石有深趣면 其意矹(音兀)硉(盧沒反不穩貌) 何由降고 丈夫壯節似君少하니 嗟我欲說安得巨筆如長杠고

原本備旨懸吐註解 古文眞寶前集卷之七 終

原本備旨懸吐註解 古文眞寶前集卷之八

歌　類

大　風　歌

漢　高　祖

漢高祖、有天下、還沛、置酒、召故人父老子弟、飮酒、發沛中兒、得百二十人、敎之歌、酒酣、上擊筑歌之、

大風起兮여 雲飛揚이로다 威加海內兮여 歸故鄕이로다 安得猛士兮여 守四方고 翰曰風自喩、雲喩亂也言已平亂而歸故鄕、故思賢才共守之、

襄　陽　歌

李　太　白

落日欲沒峴山西하니 晉羊祜卒、百姓於峴山、建碑、望其碑者、莫不流涕、因名爲墮淚碑、 倒著接䍦花下迷라 晉山簡每至高陽習家池、飮輒大醉、歸歌曰山公時一醉、逕詣高陽池、日暮倒載歸、酩酊無所知、時時騎白馬、倒著白接䍦、擧鞭謝葛强、何如幷州兒、 襄陽小兒齊拍手하니 攔街爭唱白銅鞮라 廣韻、鞮音低、樂府、有銅鞮歌、釋云、胡人歃血之器、韻府、作鞮、註革履連脛、即今靴、恐非、 傍人借問笑何事오 笑殺山翁醉似泥라 鸕音盧 鷀音慈水鳥名、鳥頸喙長、能捕魚 酌、鸚鵡杯로 百年三萬六千日에 一日須傾三百杯라 遙看平聲 漢水鴨頭綠하니 恰似葡萄初醱醅라 音杯酒熟也 此江若變作春酒면 壘麴便築糟丘臺라 千金駿馬喚小妾하니 笑坐雕鞍歌落梅라 車傍側掛一壺酒하니 鳳笙十三簧象鳳之身 龍管行相催라 咸陽市上嘆黃犬하니 秦李斯、臨刑、嘆曰安得復牽黃犬、遊東門、逐狡兎乎、 何如月下傾金罍오 音雷 君不見晉朝羊公一片石가 龜頭剝落生莓苔라 淚亦不能爲之墮오 心亦不能爲之哀라 淸風明月不用一錢買하니 玉山自倒非人推라 晉嵇康醉倒人謂如玉山之將頹 舒州杓力士鐺은 李白與爾同死生이라 襄王雲雨今安在오 江水東流猿夜聲이라이

襄王、楚襄王

汝陽王、璡

飲中八僊歌

杜子美

知章騎馬似乘船하니 眼花落井水底眠이라 汝陽三斗始朝天하니 道逢麴(音曲)車(尺奢反) 口流涎이라 恨不移封向酒泉하니 左相(去聲) 日興(去聲) 費萬錢이라 飲如長鯨吸(音翕) 百川하니 銜盃樂(音洛) 聖稱世賢이라 (據左相李適之詩則世嘗爲避○李適之詩云、避賢初罷相、樂聖且銜盃) 宗之瀟灑美少(去聲) 年이라 擧觴(音傷) 白眼望青天이니 皎如玉樹臨風前이라 蘇晉長齋繡佛前에 醉中往往愛逃禪이라 李白一斗詩百篇하니 長安市上酒家眠이라 天子呼來不上船하고 自稱臣是酒中仙이라 (玄宗、嘗宴白蓮池、欲造樂府新詞、遣使召李白、白已醉於長安酒肆矣、及至帝所、醉不能登舟、帝命力士、扶上船、或以蜀人、衫衿爲船者、非是) 張旭三盃草聖傳하니 脫帽露頂王公前하고 揮毫落紙如雲烟이라 (漢張芝、善草書、號草聖、故以比張旭、盖旭、善草書、每飲大醉、以頭濡墨、就壁書、及醒、自以爲神、) 焦遂五斗方卓然하니 高談雄辯驚四筵이라

醉時歌

(贈廣文舘學士鄭虔)

諸公袞袞登臺省하나 (袞袞相繼不絕也) 廣文先生官獨冷이라 甲第紛紛厭粱肉이나 廣文先生飯不足이라 先生有道出羲皇하고 先生有才過屈宋이라 (屈原宋玉) 德尊一代常坎軻하니 名垂萬古知何用고 杜陵野老人更嗤하니 (音蚩笑侮也○漢宣帝陵在京兆、子美本杜陵人故自稱杜陵野客) 被褐(毛布爲衣一曰短衣) 短窄鬢如絲라 日糴(音笛) 太倉五升米하고 時赴鄭老同襟期라 (鄭老指虔也) 得錢即相覓하야 沽(音孤) 酒不復疑라 忘形到爾汝하니 痛飲眞吾師라 清夜沈沈動春酌하니 燈前細雨簷花落이라 但覺高歌有鬼神하니 焉知餓死塡(音田) 溝(音勾) 壑(鶴)고 相如逸才親滌(音狄) 器오 (司馬傳、文君奔相如、俱之臨卭、盡賣車騎、買酒舍、乃令文君當壚、相如、身著犢鼻褌、滌器於市、) 子雲識字終抗閣이라 (揚雄傳、王莽時、甄豐爲上公、莽、既以符命、自立、即位之後、誅豐父子、投劉棻四裔、辭所連及、便取不請、時雄校書天祿閣上、治獄使者來、欲收雄、雄恐、乃從閣上自投下、幾死、棻嘗從雄學、作奇字、京師爲之語曰、唯寂寞、自投閣、) 先生早賦歸去來하니 石田茅屋荒蒼苔라

儒術於我何有哉오 孔丘盜蹠(音隻 亦作跖) 俱塵埃라 不須聞此意慘慘이니(上聲 失意貌) 生前相遇且銜盃라

徐卿二子歌

君不見徐卿二子生絶奇아 感應吉夢相追隨라 孔子釋氏親抱送하니 並是天上麒麟兒라 大兒九齡色淸澈하니 秋水爲神玉爲骨이라 小兒五歲氣食牛하니 滿堂賓客皆回頭라 吾知徐公百不憂하니 積善袞袞生公侯라 丈夫生兒有如此二雛者면 名位豈肯卑微休아

戲題王宰畫山水歌

十日畫一水하고 五日畫一石이라 能事不受相促迫하니 王宰始肯留眞跡이라 壯哉崑崙(山名 黃河源所出) 方壺(渤海中五仙山之一) 圖여 挂(音卦) 君高堂之素壁이라 巴陵洞庭日本東에(洞庭在巴陵之左、海東有日本國) 赤岸水與銀河通이라 中有雲氣隨飛龍하니 舟人漁子入浦漵하고(音叙) 山木盡亞(低也) 洪濤(音陶) 風이라 尤工遠勢古莫比하니 咫(音只) 尺應須論萬里라 焉(音烟) 得幷州快剪刀하야 剪取吳松半江水오(索靖、見顧愷之畫、欣然曰恨不帶幷州快剪刀來、欲剪松江半幅紋練、歸去)

茅屋爲秋風所破歌

(借物喩變 深有感傷)

八月秋高風怒號하니(平聲) 卷(音捲) 我屋上三重(平聲) 茅라 茅飛渡江洒江郊하니 高者掛(音卦) 罥長林梢하고 下者飄轉沈塘坳라 南村群童이 欺我老無力하야 忍能對面爲盜賊이라 公然抱茅入竹去하니 脣(音純) 焦(音椒) 口燥(音噪 乾也) 呼不得이라 歸來倚杖自歎息하니 俄頃風定雲黑色이라 秋天漠漠

重瞳、舜也、指人君

向昏黑하니 布衾多年冷似鐵이오 嬌兒惡臥踏裏裂이라 床床屋漏無乾音干處하니 雨脚如麻未斷絕이라 自經喪去聲亂少睡垂去眠하니 長夜沾濕何由徹고 安得廣厦千萬間하야 大庇天下寒士俱歡顏고 風雨不動安如山이라 嗚呼何時眼前突兀見此屋고 吾廬獨破受凍死亦足이로다

觀聖上親試貢士歌　　王元之

天王出震易、帝出乎震、上卦爲本位東方、於時爲春、主發生、帝者、天之主宰、所以生物者、故出乎震而萬物從之而出、寰音環宇淸하니 奎音圭星燦燦昭文明이라宋、竇儼、善推步星曆、與盧多遜、楊徽之、同在諫垣、謂二公曰丁卯歲、五星當聚奎、自此天下始太平、二拾遺必見之、 詔令郡國貢多士하야 大張一網羅群英이라 聖情孜孜終不倦이오 日斜猶御金鑾殿이라 宮柳低垂三月煙이오 爐香飛入千人硯이라研去 麻衣皎皎光如雪하니 一一重平聲瞳音同 親鑑別이라 孤寒得路荷去聲君恩하니 聚首皆言盡臣節이라 小臣蹤迹本塵泥나 登科曾賦御前題라 屈指方經五六載에 如今已上上聲青雲梯라 位列諫官無一語하니 自愧將何報明主오 應制非才但淚垂하니 强上聲作狂歌歌舜禹라

畫山水歌　　吳融

良工善得丹青理하야 輒音摺向茅茨音慈畫山水라 地角移來方寸間이오 天涯音崖寫在筆鋒裏라 日不落兮月長生하니 雲片片兮水冷冷이라音靈 經年蝴蝶飛不去오 累歲桃花結不成이라 一片石數株松이 遠又淡近又濃이라 不出門庭三五步하야 觀盡江山千萬重이라平聲

短檠歌　　韓退之

公、所以詠幽閨之思者、如此、

長檠八尺空自長이오 短檠二尺便且光이라 黃簾綠幕音莫 朱戶閉하니 風露氣入秋堂涼이라 裁衣寄遠淚眼暗하니 搔頭頻挑移近床이라 太學儒生東魯客이 二十辭家來射策이라 夜書細字綴語言하니 兩目眵昏頭雪白이라 此時提挈當案前하니 看書到曉那能眠고 一朝富貴還自恣하니 長檠高張照珠翠라 吁嗟世事無不然하니 墻角君看短檠棄아

浩浩歌　馬子才

渭川、姜太公也、

莘野、伊尹也

子陵、嚴光也

夷齊、伯夷叔齊

浩浩歌여 天地萬物如吾何오 用之解帶食太倉이오 不用拂枕歸山阿라 君不見渭音胃 川漁父音甫 一竿竹이며 莘疏臻反 野耕叟數畝禾아 喜來起作商家霖이오 怒後便把周王戈라 又不見子陵橫足加帝腹가 帝不敢動豈敢訶오 皇天爲忙逼하야 星宿音秀 相擊摩라 可憐相去聲 府癡는 邀請先經過라 浩浩歌여 天地萬物如吾何오 屈原枉死汨羅水오 夷齊空餓西山坡라 丈夫犖犖不可羈니 有身何用自滅磨오 吾觀聖賢心하니 自樂音洛 豈有他리오 蒼生如命窮이면 吾道成蹉跎라 直須爲吊天下人이니 何必嫌恨傷丘軻오 浩浩歌여 天地萬物如吾何오 玉堂金馬在何處오 雲山石室高嵯音差 峨音娥라 低頭欲耕地雖少나 仰面長嘯音笑 天何多오 請君醉我一斗酒하라 紅光入面春風和라

七夕歌 此歌善於敍事狀　張文潛

蓐收、西方秋神也

人間一葉梧桐飄하니 蓐收行秋回斗杓라 神官召集役靈鵲하야 直渡銀河橫作橋라 河東美人天帝子로 機杼年年勞玉指라 織成雲霧紫綃衣하니 辛苦無歡容不理라 帝憐獨居無與娛하야

羲氏、和氏、主四時日出入之官

嫦娥、即姮娥

河西嫁與牽牛夫라 自從嫁後廢織紝하고 綠鬢雲鬟朝暮梳라 貪歡不歸天帝怒하야 責歸却踏來時路라 但令一歲一相見하야 七月七日橋邊渡라 別多會少知奈何오 却憶從前歡愛多라 匆匆萬事說不盡하야 玉龍已駕隨羲(音希)和라 河邊靈官催曉發하니 令嚴不肯輕離別이라 便將淚作雨滂沱하니 淚痕有盡愁無歇이라 我言織女君莫歎하라 天地無窮會相見이라 猶勝嫦(音常)娥(音娥) 不嫁人하고 夜夜孤眠廣寒殿이라

茶 歌 (謝孟諫議簡惠茶)

盧 仝

月團、茶名

陽羨、地名

玉川子、盧同號

日高丈五睡正濃하니 軍將扣門驚周公이라 (語、子曰吾不復夢見周公) 口傳諫議送書信하니 白絹斜封三道印이라 開緘宛見諫議面하니 首閱月團三百片이라 聞道新年入山裏하야 蟄虫驚動春風起라 天子須嘗陽羨茶하니 百草不敢先開花라 仁風暗結珠蓓蕾하니 先春抽出黃金芽라 摘鮮焙芳旋封裹하니 至精至好且不奢라 至尊之餘合王公이니 何事便到山人家오 柴門反關無俗客하니 紗帽籠頭自煎喫이라 碧雲引風吹不斷하니 白花浮光凝碗面이라 一碗喉吻潤이오 二碗破孤悶이라 三碗搜枯腸하니 惟有文字五千卷이라 四碗發輕汗하니 平生不平事를 盡向毛孔散이라 五碗肌骨清이오 六碗通仙靈이라 七碗喫不得也하야 唯覺兩腋習習清風生이라 蓬萊山、在何處오 玉川子、乘此清風欲歸去라 山上群仙司下土하니 地位清高隔風雨라 安得知百萬億蒼生이 命墮顚崖受辛苦오 便從諫議問蒼生이면 到頭合得蘇息(止息)否아

菖 蒲 歌

謝 疊 山

有石奇峭 七肖反 天琢成이오 有草夭夭冬夏靑이라 人言菖蒲非一種이니 上聲 上品九節通仙靈이라 異根不帶塵埃氣하니 孤操愛結泉石盟이라 明窓淨几有宿契하니 花林草砌無交情이라 夜深不嫌淸露重하니 晨光疑有白雲生이라 嫩如秦時童女登蓬瀛하니 音盈○秦始皇、遊東海、方士徐福等、上書請得與童男女、入海求三神山、不死藥、 手攜綠玉杖徐行이라 瘦如天台山上賢聖僧이 休糧絕粒孤鶴形이오 勁 經去 如五百義士從田橫하니 英氣凜凜磨靑冥이오 淸如三千弟子立孔庭하니 回琴點瑟天機鳴이라 回、顏淵、點、曾晳 堂前不入紅粉意오 席上嘗聽詩書聲이라 恠石篠 音小 簜 湯上 皆充貢이니 靑州貢恠石 揚州貢篠簜 此物舜廊當共登이라 神農知己入本草오 附入本草 靈均蔽賢遺騷經이라 靈均卽屈原也離騷經中不言菖蒲是遺亡也 幽人耽翫發仙興하고 去聲 方士服餌延脩齡이라 綵鸞紫鳳琪花苑이오 赤虬玉麟芙蓉城이라 上界眞人好淸淨하니 見此靈苗當大驚이라 我欲攜之朝太淸하니 瑤草不敢專芳馨이라 玉皇一笑留香案하고 錫與有道者長生이라 人間千花萬草儘榮艶이나 未必敢與此草爭高名이라

石鼓歌

韓退之

歐陽文忠公云、石鼓在岐陽、韋應物、以爲文王之鼓、至宣王刻詩爾、韓退之、直以爲宣王之鼓在今鳳翔孔子廟中、鼓有十、先時散棄于野、鄭餘慶、置于廟而亡其一、宋皇祐四年、向傅師求於民間、得之、十鼓乃足、其文可見者、四百六十五、磨滅難識者過半矣、

張生手持石鼓文하고 勸我試作石鼓歌라 孫曰張籍○可見者、其略曰、我車旣攻我馬旣同、又曰、我車旣如、我馬旣駒、君子員獵、員獵員游、麀鹿速速、君子之求、又曰、其魚維何、維鱮維鯉何以橐之、維楊維柳、駒、大刀切、鱮序、去聲、橐、音高、員、爰通 少陵無人謫仙死하니 少陵、杜甫 才薄將奈石鼓何오 周綱陵遲四海沸하니 音費 宣王憤起揮天戈라 大開明堂受朝 音潮 賀하니 慶也 諸侯劍珮 音佩 鳴相磨라 蒐 音搜、春獵之名、謂蒐索禽獸之不孕者、取之周禮、中春、敎振旅、遂以蒐、 于岐陽騁雄俊하니 萬里禽獸皆遮羅라 鐫 子泉反刻也 功勒 刊也勒石紀功也 成告萬世하니 鑿石作鼓隳嵯峨라

白鵝、王羲之在山陰作書換鵝

從臣才藝咸第一이어늘 簡選誤刻留山阿라 雨淋日炙音隻 野火燒하니 鬼物守護煩撝音麾 訶라
公從何處得紙本고 毫髮盡備無差訛라吾禾反 辭嚴義密讀難曉오 字體不類隸與蝌라 年深
豈免有缺畫고 快劍斫音酌 斷生蛟音交 鼉라音陀 鸞翔音祥 鳳翥衆仙下하니 珊音山 瑚音胡 碧樹交
枝柯라 金繩鐵索鏁紐女九反 壯이오 古鼎躍水龍騰梭라 陋儒編詩不收入하니 二雅褊迫無委音威
蛇라 詩委蛇注行可從迹也毛詩叶韻蛇唐何反亦音移 孔子西行不到秦하니 掎音幾 摭音隻 星宿遺羲音熙 娥라 孫曰羲和日御嫦娥月御 嗟余好去聲
古生苦晚하야 對此涕淚雙滂沱라 憶昔初蒙博士徵하야 其年始改稱元和라 愈元和元年、徵爲國子博士、 故人
從軍在右輔하니 爲我量度音鐸 掘臼科라 謂安置石鼓處 濯冠沐浴告祭酒호대 愈、召拜國子祭酒 如此至寶存豈多오
氈包席裹音果 可立致니 十鼓只載數駱駝라音陀 薦諸大廟比郜音告 鼎하니 春秋、桓二年、魯取郜大鼎于宋、納于大廟、 光價
豈止百倍過오音戈 聖恩若許留太學이면 諸生講解皆上 得切磋라 觀經鴻都 漢靈帝熹平、四年詔諸儒、正五經文字、命議郎蔡邕、爲古
文篆隸三體書之、刻石、立于大學門外、 尙塡咽하니 坐見擧國來奔波라 剜苔剔音偶 蘚露節角하니 安置妥帖平不頗라 大
厦深簷與蓋覆이면 經歷久遠期無他라 中朝大官老於事하니 詎肯感激徒媕婀오 牧童敲火
牛礪角하니 誰復著手爲摩挲오 日銷月鑠就埋沒하니 六年西顧空吟哦라 羲之俗書趁姿媚하야
數紙尙可博白鵝라 繼周八代爭戰罷하니 周至唐凡八代 無人收拾理則那라 方今太平日無事하야 柄
用儒術崇丘軻라 安能以此上論列고 願借辯口如懸音玄 河라 石鼓之歌止於此하니 嗚呼吾
意其蹉跎아

後石鼓歌

蘇子瞻

東坡年二十六初入仕作鳳翔八觀此其一也

冬十二月歲辛丑에 仁宗嘉祐六年 我初從政見 音現 魯叟라 孔子也 舊聞石鼓今見之하니 文字鬱律蛟蛇
走라 細觀初以指畫肚하고 虞世南、學書、常於被下、以指畫肚、 欲讀嗟如箝 音甜 在口라 歐詩、有口欲說嗟如箝、 韓公好 去聲 古生已

偏旁、點畫、皆字書也

遲어늘 我今況又百年後아 強 去聲 尋偏旁推 音吹 點畫하니 時得一二遺八九라 我車既攻馬亦
同하니 其魚維鱮 音序 貫之柳라 公自注、石鼓文之辭云、我車既攻、我馬亦同、又曰、其魚維何、維鱮維鯉、何以貫之、維楊與柳、惟此六句可讀、餘不可通、 古器縱橫猶識鼎하니 衆

軒、黃帝軒轅、頡、倉頡

星錯落僅 音近 名斗라 糢糊半已似瘢胝하니 詰曲猶能辨跟肘라 臂節 娟娟缺月隱雲霧오 濯濯
嘉禾秀稂莠라 音酉 言字之難識者、 漂流百戰偶然存하니 獨立千載誰與友오 上追軒頡相唯諾이오 囊入 下

鴻鴈、詩小雅篇名

挹 音邑 冰斯 冰斯唐李陽冰、秦李斯也、二人能篆文、 同鷇 苦候反、鳥母哺子者、又鳥雛生而待哺者曰鷇、能自食曰㝅、 㝅라 乃后反、乳子也、言石鼓之文、上可追配於軒轅、下視陽冰李斯、如未成之鳥雛也 憶昔周
宣歌鴻鴈하니 當時籀 音宙宣王時史官 史變蝌 音科 蚪라 音斗○宣王時、史籀著大篆、十五篇、魯共王、壞孔子宅、得古書、皆蝌斗文字、 厭亂人方思聖賢하니

徐、淮夷也

中 去聲 興天爲生耆 音其老人 耇라 音垢、老人面若垢、 東征徐虜闞虓虎오 北伐犬戎隨指嗾라 象胥 即後世之譯史能通四夷

方召、方叔召虎宣王二臣也、崧高、詩大雅篇名

之語者 雜遝貢狼 音郞 鹿이오 方召聯 音連 翩 音偏 賜圭 瑞玉、上銳下方、以封爵、公侯伯子男、各有制、 卣며 音酉、中罇也、有功者、賜玉瓚秬鬯一卣也 遂因鼙
音皮 鼓思將 去聲 帥하니 記、聽鼓鼙之聲、則思將帥之臣、 豈爲 去聲 考擊煩矇 音蒙 瞍아 音叟○詩、子有鍾鼓、弗擊弗考、又曰矇瞍奏功 何人作頌比崧 音松
高오 萬古斯文齊岣 古后反 嶁라 力后反、行陽縣北之山神、禹碑、今名碧碑、二字、一音巨竇、此歌、從韻作古后力后反、退之詩、岣嶁山尖神禹碑、字靑石赤形摹奇、 勳勞至大不矜伐하니

九有、九州也

文武未遠猶忠厚라 欲尋年代無甲乙하니 豈有文字記誰某오 自從周衰更七國으로 竟使秦人

祖龍、秦始皇也

有九有라 掃除詩書誦法律이오 投棄俎豆陳鞭杻라 當年何人佐祖龍고 上蔡公子牽黃狗라

上蔡、李斯也

登山刻石頌功烈하니 秦始皇、上鄒嶧山、刻石頌秦、 後者無繼前無偶라 皆云皇帝巡四國하야 烹滅彊 音強 暴救黔

九鼎、禹鼎也取九州之金也

音鉗 首라 秦謂百姓曰黔首、謂其頭黑、猶言黎民也 六經既已委灰塵하니 此鼓亦當隨擊掊라 裒上 傳聞九鼎淪 沈也 泗上하니

欲使萬夫沈水取라 暴君縱欲窮人力이나 神物義不汙秦垢라 是時石鼓何處避오 無乃天

工令 平聲 鬼守아 興亡百變物自閑하니 富貴一朝名不朽라 細思物理坐歎息하니 人生安得如

汝壽오

原本備旨懸吐註解 古文眞寶前集卷之八 終

原本備旨懸吐註解 古文眞寶前集卷之九

歌類

杜子美

戲作花卿歌 花卿、西川牙將、花敬定也、

成都猛將去聲 有花卿하니 學語小兒知姓名이라 勇如快鶻隼也 風火生하니 南史、曹景宗、謂所親曰、我昔在鄕里、騎快馬如龍、覺耳後生風、鼻尖出火、
見賊唯多身始輕이라 緜州副使著柘音蔗 黃하니 謂段子璋反 我卿掃除即日平이라 子璋髑髏血
模糊하니 此樂使人忘死、 手提擲還崔大夫라 崔光遠 李侯重有此節度하니 人道我卿絶世無라 旣稱絶世無天子하니
柘黃袍、天子服也
何不喚取守京都오

題李尊師松樹障子歌

老夫淸晨梳白頭하니 玄都道士來相訪이라 握髮呼兒延入戶하니 手提新畫靑松障이라 障子松林
靜杳冥하니 憑軒忽若無丹靑이라 陰崖却承霜雪幹하니 干去 偃蓋反走虬龍形이라 老夫平生好去聲
奇古야 對此興與精靈聚라 已知仙客意相親이오 更覺良工心獨苦라 松下丈人巾屨同하니 偶
坐似是商山翁이라 悵望聊歌紫芝曲하니 時危慘淡來悲風이라
商山、四皓也

戲韋偃爲雙松圖歌

天下幾人畫古松고 畢宏唐大曆中、爲給事中、 已老韋偃少라去聲 絶筆長風起纖末하니 滿堂動色嗟神妙라
兩株慘裂苔蘚鮮上 皮하니 屈鐵交錯廻高枝라 白摧朽骨龍虎死오 黑入太陰雷雨垂라 松根
胡僧憩寂寞하니 厖眉皓首無住着라 偏袒右肩西域事佛之禮 露雙脚하니 葉裏松子僧前落이라 韋侯韋

侯數相見하니 我有一匹好東絹하야 (東絹、鵝溪絹也) 重之不減錦繡段이라 (四愁詩、美人贈我錦繡段) 已令拂拭光凌亂하니 請公放筆爲直幹이라 (韋偃、松枝、不作直幹、故戲之云、)

劉小府畫山水障歌

堂上不合生楓樹니 恠底江山起煙霧라 聞君掃却赤縣圖하고 (赤縣、畿內也) 乘興遣畫滄州趣라 畫師亦無數나 好手不可遇라 對此融心神하니 知君重毫素라 豈但祁(音其 姓也)岳與鄭虔고 筆跡遠過楊契(音乞)丹이라 得非玄圃裂(音列)이면 無乃瀟湘(二水名 在湖南)翻이라 悄(音楸)然坐我天姥(音母 即杭州天目山也)下하니 耳邊已似聞淸猿이라 反思前夜風雨急하니 乃是蒲城鬼神入이라 元氣淋漓障猶濕하니 眞宰上訴天應泣이라 野亭春還雜花遠하나 漁翁暝踏孤舟立이라 滄浪水深靑溟闊하니 欹岸側島秋毫末이라 不見湘妃鼓瑟時나 至今斑竹臨江活이라 (楚詞使湘靈、鼓瑟兮令海若舞馮夷) 劉侯天機精하야 愛畫入骨髓라 自有兩兒郞으로 揮灑亦莫比라 大兒聰明到하여 能添老樹巓崖裏오 小兒心孔開하여 貌得山僧及童子라 若耶溪、雲門寺여 吾獨胡爲在泥滓오 靑鞋布韈從此始라

李潮八分小篆歌

蒼頡(黃帝臣) 鳥跡旣茫昧하니 (蒼頡觀鳥跡而制字) 字體變化如浮雲이라 陳倉石鼓又已訛하니 大小二篆生八分이라 (周太史、籒、始制大篆、秦丞相、李斯、爲小篆、王次仲、減隸書、爲八分書、蔡邕曰臣父、嘗言八分書、割程邈隸字法去八法李斯小篆、去二分、取八分、故曰八分書、) 秦有李斯漢蔡邕하고 中間作者寂不聞이라 嶧山之碑野火焚하니 (始皇、東行上鄒嶧山、刻石頌功德、其文、李斯小篆、) 棗木傳刻肥失眞이라 苦縣光和尙骨立하니 (苦縣、老子碑乃東漢、靈帝光和年間立、蔡邕所書) 書貴瘦硬方通神이라 惜哉李蔡不復得하니 吾甥(音生) 李潮下筆親이라 尙書韓擇

木이오 騎曹蔡有隣이라 開元已來數八分하니 潮也奄有二子成三人이라 況潮小篆逼秦相하니 快劍長戟森相向이라 八分一字直百金하니 蛟龍盤拏肉屈强이라 吳郡張顚誇草書하니 草書非古空雄壯이라 豈如吾甥不流宕고 丞相中郎丈人行이라 巴東逢李潮하니 逾月求我歌라 我今衰老才力薄하니 潮乎潮乎奈汝何오

張顚、張旭也

天育驃騎歌 天育廐名

吾聞天子之馬走千里하니 今之畵圖無乃是아 是何意態雄且傑고 駿尾蕭梢朔風起라 漢天馬曲、尾蕭梢兮朔風起、 毛爲綠縹 普沼反青白色 兩耳黃이오 眼有紫焰雙瞳方이라 矯矯 喬上 龍性合變化하니 卓立天骨森開張이라 伊昔太僕張景順이 監牧攻駒閱淸峻이라 遂令太奴 王毛仲也 守天育하니 別養驥子憐神俊이라 當時四十萬匹馬하니 張公歎其材盡下라 故獨寫眞傳世人하니 見之座右久更新이라 年多物化空形影하니 嗚呼健步無由騁이라 如今豈無騕褭與驊騮리오 時無王良伯樂死即休라

江南遇天寶樂叟歌 白居易

白頭病叟泣且言호대 祿山未亂入梨園이라 能彈 去聲 琵琶和法曲하야 多在華淸隨至尊이라 是時天下太平久하야 年年十月坐朝元이라 楊妃外傳玄宗每年十月、駕幸華淸宮、宴坐朝元閣、 千官起居環佩合이오 萬國會同車馬奔이라 金鈿照耀石甕寺하니 蘭麝薰煮溫湯源이라 貴妃宛轉侍君側하니 體弱不勝珠翠繁이라 冬雪飄颻錦袍暖이오 春風蕩漾霓裳飜이라 歡娛未足燕寇至하니 弓勁馬肥胡語喧이라 豳土人遷避夷狄하니 鼎湖龍去哭軒轅이라 從此漂淪到南土하니 萬人死盡一身存이라 秋風江上浪無際하니

至尊、天子也

燕寇、祿山也

暮雨舟中酒一罇이라 涸魚久失風波勢오 枯草曾霑雨露恩이라 我自秦來君莫問하라 驪山渭水如荒村이라 新豐樹老籠明月하니 長生殿暗鎖黃昏이라 紅葉紛紛盖欹瓦오 綠苔重重封壞垣이라 惟有中官作宮使하야 每年寒食一開門이라

長恨歌

漢皇重(去聲)色思傾國호대(漢李延年歌曰、北方有佳人、天子初未識、一笑傾人城、再笑傾人國、豈不知傾城傾國、佳人難再得、) 御宇多年求不得이라 楊家有女初長成하니 養在深閨人未識이라 天生麗質難自棄하야 一朝選在君王側이라(開元十一年、歸于壽邸、爲壽王妃、後召爲女官、號太眞。更爲壽王。娶韋昭訓女、) 回頭一笑百媚生하니 六宮粉黛無顏色이라 春寒賜浴華淸池하니 溫泉水滑洗凝脂라(音芝) 侍兒扶起嬌無力하니 始是新承恩澤時라 雲鬢花顏金步搖로(首飾) 芙蓉帳暖度春宵라 春宵苦短日高起하니 從此君王不早朝라 承歡侍宴無閑暇하야 春從春遊夜專夜라 後宮佳麗三千人에 三千寵愛在一身이라 金屋粧成嬌侍夜하니 玉樓宴罷醉和春이라 姊妹弟兄皆列土하니(貴妃從兄、國忠、封公、女兄弟封國號曰、韓、虢、秦、三夫人) 可憐光彩生門戶라 遂令(平聲) 天下父母心으로 不重生男重生女라 驪宮高處入靑雲하니 仙樂(音岳) 風飄處處聞이라 緩歌慢舞凝絲竹하니 盡日君王看不足이라 漁陽鼙(音皮)鼓動地來하니 驚罷霓裳羽衣曲이라 九重(平聲) 城闕煙塵生하니 千乘(去聲) 萬騎(去聲) 西南行이라 翠華(天子之旗) 搖搖行復止하니 西出都門百餘里라 六軍不發無奈何야 宛轉(上聲) 蛾眉馬前死라 花鈿委地無人收하니 翠翹金雀玉搔頭라(皆婦人首飾) 君王掩面救不得하고 回首血淚相和流라 黃埃散漫風蕭索하니 雲棧縈紆登劍閣이라 峨嵋山下少人行하니 旌旗無光日色薄이라 蜀江水碧蜀山靑하니 聖主朝朝

梨園、敎坊也

暮暮情이라 行宮見月傷心色이오 夜雨聞鈴斷腸聲이라 天旋地轉回龍馭하니 到此躊躇不能去라
馬嵬坡下泥土中에 不見玉顏空死處라 君臣相顧盡霑衣하니 東望都門信馬歸라 歸來池苑
皆依舊하니 太液芙蓉未央柳라 芙蓉如面柳如眉하니 對此如何不淚垂오 春風桃李花開夜오
秋雨梧桐葉落時라 西宮南苑多秋草하니 落葉滿階紅不掃라 或作宮葉者非 梨園弟子白髮新이오 椒
房阿監靑娥老라 夕殿螢飛思悄然하니 孤燈挑盡未成眠이라 遲遲更鼓初長夜오 耿耿星河
欲曙天이라 鴛鴦瓦冷霜華重하니 翡翠衾寒誰與共고 悠悠生死別經年하니 魂魄不曾來入夢이라
臨邛道士鴻都客이 道士姓楊名通幽 能以精神致魂魄이라 爲去聲 感君王展轉思하야 遂敎方士殷勤覓이라
排風馭氣奔如電하니 升天入地求之徧이라 上窮碧落下黃泉이니 兩處茫茫皆不見이라 忽聞海上
有仙山하니 山在虛無縹緲間이라 樓殿玲瓏五雲起하니 其中綽約多仙子라 中有一人字玉眞하니
玉眞乃貴妃也 雪膚花貌參差是라 金闕西廂叩玉扃하고 轉敎小玉報雙成이라 小玉雙成西王母二侍女 聞道漢家天子
使는 九華帳裏夢魂驚이라 攬衣推枕起徘徊하니 珠箔銀屛邐迤開라 雲鬢半偏新睡覺하니 音敎 花
冠不整下堂來라 風吹仙袂飄飄擧하니 猶似霓裳羽衣舞라 玉容寂寞淚闌干하니 梨花一枝
春帶雨라 含情凝睇謝君王호대 一別音容兩渺茫이라 昭陽殿裏恩愛絕이오 蓬萊宮中日月長이라
回頭下望人寰處나 不見長安見塵霧라 唯將舊物表深情하니 鈿合金釵寄將去라 釵留一股
合一扇하니 釵擘黃金合分鈿이라 但令心似金鈿堅이면 天上人間會相見이라 臨別殷勤重寄詞하니
詞中有誓 音逝 兩心知라 七月七日長生殿에 夜半無人私語時라 大寶十載、明皇憑楊妃肩、仰天感牛女之事、密相誓心、願世世、結爲夫婦 在

天願作比翼鳥오 在地願爲連理枝라 天長地久有時盡이나 此恨綿綿無絶期라

六歌

宋、德祐丙子正月、元、伯顏、領軍至臨安、宋丞相文天祥、使軍前、與伯顏、抗辭爭辯、不屈被拘北行、至鎭江、以計脫歸時三宮已北遷矣、景炎帝、即位福州、召拜右相、傳以樞密出督、志圖匡復、至空坑、敗績、夫人歐陽氏、男佛生、環生、女柳娘、妾黃氏、顏氏、俱被執、妹女孫粟彭辰皆遇害、公獨與長子道生、以數騎免、收散卒、居匡山、戊寅十月、引兵至潮州、遇元兵被執、北行至燕臺、作此六歌、

文天祥

有妻有妻出糟糠하니 自少結髮不下堂이라 亂離中道逢虎狼하니 鳳飛翩翩(音偏) 失其凰이라 將雛一二去何方고 豈料國破家亦亡가 不忍舍君羅襦(音儒) 裳하니 天長地久終茫茫이오 牛女夜夜遙相望이라(音忘) 嗚呼一歌兮歌正長하니 悲風北來起彷徨이라

糟糠、貧時妻也

有妹有妹家流離하니 良人去後携諸兒라 北風吹沙塞草萋(音妻)하니 窮猿慘淡將安歸오 去年哭母南海湄라 三男一女同歔欷하니 惟汝不在割我肌라 汝家零落母不知하니 母知豈有瞑目時아 嗚呼再歌兮歌孔悲하니 鶺鴒在原我何爲오

鶺鴒、譬兄弟也

有女有女婉淸揚하니 大者學帖臨鍾王이오 小者讀字聲琅琅이라 朔風吹衣白日黃하니 一雙白璧委道傍이라 鴈兒啄啄秋無粱하니 隨母北首誰人將고 嗚呼三歌兮歌愈傷하니 非爲兒女淚淋浪이라

鍾王、鍾繇、王羲之也

有子有子風骨殊하야 釋氏抱送徐卿雛하니 四月八日摩尼珠라 榴花犀錢絡繡襦하니 蘭湯百沸香似酥오 欻隨飛電飄泥途라 汝兄十三騎鯨(音擎) 魚하고 汝今三歲知在無라 嗚呼四歌兮歌以吁하니 燈前老我明月孤라

有妾有妾今何如오 大者手將小蟾蜍오 次者親抱汗血駒라 晨粧靚(音淨 明也) 服臨西湖하니 英英鴈落飄瓊琚라 風花飛墜(追去)鳥鳴呼하니 金莖沆瀣浮汙(音烏)渠라 天摧地裂龍鳳殂하니 美人塵土何代無오 嗚呼五歌兮歌鬱紆하니 爲爾遡風立斯須라

我生我生何不辰고 孤根不識桃李春이라 天寒日暖重愁人하니 北風隨我鐵馬塵이라 初憐骨肉鍾奇禍러니 而今骨肉重憐我라 汝在空令嬰我懷라 我死誰當收我骸오 人生百年何醜好오 黃粱得喪俱草草라 嗚呼六歌兮勿復道하라 出門一笑天地老라

黃粱、喩一夢也

原本備旨懸吐註解 古文眞寶前集卷之九 終

管鮑、管夷吾、鮑叔牙也

舊穿楊葉、善射者也

原本備旨懸吐註解 古文眞寶前集卷之十

行類

貧交行　杜子美

翻手作雲覆手雨하니 紛紛輕薄何須數오 君不見管鮑部巧反 貧時交아 此道今人棄如土라

醉歌行　甫從姪、杜勤、下第歸鄕、甫於長安、醉中作

陸機二十作文賦하니 汝更少年能綴文이라 總角草書又神速하니 世上兒子徒紛紛이라 驊騮作駒已汗血이오 鷙音至 鳥擧翮連靑雲이라 詞源倒流三峽水오 筆陣獨掃千人軍이라 只今年纔十六七에 將策君門期第一이라 舊穿楊葉眞自知니 暫蹶霜蹄未爲失이라 偶然擢秀非難取니 會是排風有毛質이라 汝身已見唾成珠하니 汝伯何由髮如漆고 春光淡沲秦東亭하니 渚蒲芽白水荇靑이라 風吹客衣日杲杲오 樹攪離思花冥冥이라 酒盡沙頭雙玉甁하니 衆賓皆醉我獨醒이라 乃知貧賤別更苦하니 呑聲躑躅涕淚零이라

麗人行　天寶十三載、楊國忠、與虢國夫人、隣居第、往來無期、或並轡入朝、不施幃幕、道路爲之掩目、子美、因作麗人行

三月三日天氣新하니 長安水邊多麗人이라 態濃意遠淑且眞하니 肌理細膩骨肉勻이라 繡羅衣裳照暮春하니 蹙金孔雀銀麒麟이라 頭上何所有오 翠爲㔩葉垂鬢脣이오 背後何所見고 珠壓腰衱穩稱身이라 就中雲幕椒房親이니 賜名大國虢與秦이라 紫駝之峯出翠釜오 水精之盤行素鱗이라 犀箸厭平聲 飫久未下하니 鑾刀縷切空紛綸이라 黃門宦官供奉於黃門者 飛鞚馬勒 不動塵하니 御厨絡繹送八

珍이라 簫鼓哀吟感鬼神하니 賓從雜遝實要津이라 後來鞍馬何逡巡고 當軒下馬入錦茵이라 楊花雪落覆白蘋하니 青鳥飛去銜 音含 紅巾이라 炙 音隻 手可熱勢絕倫하니 愼莫近前丞相 去聲 嗔이라

古栢行

孔明廟前有老栢하니 柯如青銅根如石이라 霜皮溜雨四十圍하니 黛色參天二千尺이라 君臣已與時際會하니 樹木猶爲人愛惜이라 雲來氣接巫峽長이오 月出寒通雪山白이라 憶昨路繞錦亭東하니 先主武侯同閟宮이라 詩閟宮有侐 崔嵬枝幹郊原古오 窈窕丹青戶牖空이라 落落盤踞雖得地나 冥冥孤高多烈風이라 扶持自是神明力이오 正直元因造化功이라 大廈 音下 如傾要 音腰 梁棟이오 萬牛回首丘山重이라 不露文章世已驚하니 未辭剪伐誰能送고 詩甘棠勿剪勿伐 苦心未免容螻蟻오 香葉終經宿鸞鳳이라 志士幽人莫怨嗟하라 古來材大難爲用이라

兵車行 傷唐玄宗、末年從事於邊功、而窮兵不已也

車轔轔 詩有車轔轔註衆車聲也 馬蕭蕭하니 詩蕭蕭馬鳴、註言不讙譁也 行人弓箭各在腰라 爺孃妻子走相送하니 塵埃不見咸陽橋라 牽衣頓足攔道哭하니 哭聲直上干雲霄라 道旁過者問行人하니 行人但云點行頻이라 或從十五北防河하야 防河、謂築堤、備河水泛決 便至四十西營田이라 營田、如漢趙充國、獻營田之策、無事則耕、有事則戰、 去時里正 一里之長 與裹頭러니 歸來頭白還戍邊이오 邊庭流血成海水나 武皇開邊意未已라 君不聞漢家山東二百州아 千村萬落生荊杞라 縱 蹤去 有健 音件 婦把鋤犁나 禾生隴畝無東西라 況復秦兵耐 音奈 苦戰하니 被驅不異犬與鷄라 長者雖有問이나 役夫敢伸恨가 且如今年冬에 未休關西卒이라 前言山東、此言關西、則知無處

不用兵也、 縣官急索租하니 租稅從何出고 信知生男惡이오 反是生女好라 生女猶得嫁比鄰이나 生
男埋沒隨百草라 君不見青海頭아 時有事于吐蕃、乃青海之地、哥舒翰所立功處也、 古來白骨無人收라 新鬼煩冤舊鬼哭하니
天陰雨濕聲啾啾라 左文二年、吾見新鬼大、故鬼小

洗兵馬行

中去聲 興諸將去聲 收山東하니 捷書夜報清晝同이라 河廣傳聞一葦過하니 胡危命在破竹中이라 祇
回紇、西蕃國名
殘鄴城不日得이오 獨任朔方無限功이라 指言郭子儀爲朔方節度使、時方專任子儀也 京師皆騎汗血馬하니 回紇餧肉葡萄
宮이라 已喜皇威清海岱하니 常思仙仗天子儀仗 過崆峒이라 音同○崆峒山名在西黃帝問道廣成子之所明皇西幸臣子不忍斥言故托之崆峒 三年笛裏關
山月이오 萬國兵前草木風이라 成王功大心轉小하니 郭相謀深古來少라 司徒清鑑懸明鏡이오 李光弼爲
司徒 尙書氣與秋天杳라 王思禮爲尙書 二三豪俊爲時出하니 整頓乾坤濟時了라 東走無復憶鱸魚오 南
飛各有安巢鳥라 青春復隨冠冕入하니 紫禁正耐煙花繞라 鶴駕通宵鳳輦音連 備오 鷄鳴問
寢龍樓曉라 攀龍附鳳勢莫當하니 揚子攀龍鱗附鳳翼 天下盡化爲侯王이라 汝等豈知蒙帝力가 時來不得
蕭丞相蕭何
誇身强이라 關中既留蕭丞相이오 幕下復用張子房이라 張公一生江海客이니 身長九尺鬚眉蒼이라
謂張鎬也 徵起適遇風雲會하니 扶顚始知籌策良이라 青袍白馬更何有오 後漢今周喜再昌이라 寸地
尺天皆入貢하니 奇祥異瑞爭來送이라 不知何國致白環고 復道諸山得銀甕이라 隱士休歌紫
芝曲하라 詞人解撰河清頌이라 田家望望惜雨乾이오 布穀處處催春種이라 布穀催耕之鳥 淇上健乾去 兒歸
莫懶하라 城南思婦愁多夢이오 安得壯士挽天河하야 淨洗甲兵長不用고

入奏行

竇侍御는 驥之子鳳之雛니 年未三十忠義俱하야 骨鯁絕代無라 烱如一段淸冰出萬壑하니 置在迎風寒露之玉壺라 蔗(音柘)漿歸厨金盌凍하니 洗滌煩熱足以寧君軀라 政用疎通合典則이오 戚聯豪貴躭文儒라 兵革未息人未蘇하니 天子亦念西南隅라 吐蕃(音煩) 憑陵氣頗麤하니 竇氏檢察應時須라 運粮繩橋壯士喜오 斬木火井窮猿呼라 八州刺史思一戰하니 三城守邊却可圖라(按唐志、劍南節度使、西抗吐蕃、南撫蠻獠統圍結管及松維蓬恭雅黎姚悉八州兵馬、三城、是靑海三城、) 此行入奏計未小하니 密奉聖旨恩應殊라 繡衣(漢、暴勝之、衣繡衣持斧、爲使者) 春當霄漢立이오 綵服(老萊子奉親事) 日向庭闈趨라 省郎京尹必俯拾이오 江花未落還成都라 肯訪浣(完上) 花老翁無아 爲君酤酒滿眼酤하니 與奴白飯馬靑芻라

高都護驄馬行 (驄音聰、馬色靑白)

(史、高仙芝、開元末爲西域副都護)

安西都護胡靑驄이 聲價欻然來向東이라 此馬臨陣(陳去) 久無敵하니 與人一心成大功이라 功成惠養隨所致하니 飄飄遠自流沙至라 雄姿未受伏櫪恩이라 猛氣猶思戰場利라 腕促蹄高如踣鐵하니 交河幾蹴層冰裂고 五花散作雲滿身하니 萬里方看汗流血이라(顏延年賦、膺門沬赭、汗溝走血) 長安壯兒不敢騎하니 走過掣電傾城知라 靑絲絡頭爲君老러니 何由却出橫(音光) 門道오

李鄠縣丈人胡馬行

(鄠、扶古反、扶風縣名)

丈人駿馬名胡騮하니 前年避胡過金牛라 回鞭却走見天子하니 朝飲漢水暮靈州라 自矜胡騮奇絕代하니 乘出千人萬人愛라 一聞說盡急難材로 轉益愁向駑駘輩라 頭上銳耳批秋竹이오 脚下高蹄削寒玉이라 始知神龍別有種하야 不比俗馬空多肉이라 洛陽大道時再淸하니 累日喜得俱東行이라 鳳臆龍鬐未易識하니 側身注目長風生이라

聰馬行

鄧公馬癖人共知하니 初得花驄大宛種이라 夙昔傳聞思一見하니 牽來左右神皆竦이라 雄姿逸態何崷崒오(高峻貌) 顧影驕嘶自矜(音兢)寵이라 隅目靑熒夾鏡懸이오 肉騣(音種)碨(音猥)礧(音磊)連錢動이라 朝來久試華軒下하니 未覺千金滿高價라 赤汗微生白雪毛하니 銀鞍却覆香羅帕(音怕)이라 卿家舊物公能取하니 天廏眞龍此其亞라(周禮、凡馬八尺以上、爲龍) 晝洗須騰涇渭深하니 朝趨可刷幽幷夜라 吾聞良驥老始成하니 此馬數年人更驚이라 豈有四蹄疾如鳥하고 不與八駿俱先鳴가 時俗造次那得致오 雲霧晦冥方降精이라 近聞下詔喧都邑하니 肯使騏驎地上行고

幽、幷、二州名

八駿、周穆王馬

原本備旨懸吐註解 古文眞寶前集卷之十 終

原本備旨懸吐註解 古文眞寶前集卷之十一

行類

草書歌行　李太白

按、陸羽、撰懷素傳、云、懷素、疎放、不拘細行、飮酒以養性、酒書以暢志、酒酣興發、遇寺壁里墻、靡不書之、貧無紙、乃種芭蕉萬餘株、以供揮洒、

少年上人號懷素하니 草書天下稱獨步라 墨池飛出北溟魚오 筆鋒殺盡中山兎라 八月九月天氣涼하니 酒徒詞客滿高堂이라 牋麻素絹排數廂하니 宣州石硯墨色光이라 吾師醉後倚繩床하니 須臾掃盡數千張이라 飄風驟雨驚颯颯이오 落花飛雪何茫茫고 起來向壁不停手하니 一行數字大如斗라 恍恍如聞神鬼驚이오 時時只見蛟龍走라 左盤右蹙如飛電하니 狀同楚漢相攻戰이라 湖南七郡凡幾家에 家家屛障書題徧이라 王逸少張伯英이 張之字伯英善草書 古來幾許浪得名고 張顚老死不足數니 我師此義不師古라 古來萬事貴天生이니 何必要公孫大娘渾脫舞오 按杜詩、觀公孫大娘弟子、舞劍器行、序云、吳人張旭善草書、三帖、數於鄴縣、見公孫大娘、舞西河劍器、自此草書長進、豪蕩感激云

偪側行 贈畢曜　杜子美

偪側何偪側고 我居巷南子巷北이라 可恨鄰里間에 十日一不見顔色이라 自從官馬送還官으로 行路難行澀如棘이라 我貧無乘非無足이니 昔者相遇今不得이라 實不是愛微軀오 又非關足無力이라 徒步翻愁官長怒하니 此心炯炯君應識이라 曉來急雨春風顚하니 睡美不聞鍾鼓傳이라 東家蹇驢許借我하니 泥滑不敢騎朝天이라 已令請急會通籍하니 元帝紀、通籍、註、籍者爲二尺竹牒、記其年紀名字物色、懸之宮門、省禁相應、乃得入也、 男

兒性命絕可憐이라 焉能終日心拳拳고 憶君誦詩神凜然이라 辛夷始花亦已落하니 況我與子非壯年고 街音皆頭酒價常苦貴하야 方外酒徒稀醉眠이라 速宜相就飲一斗니 恰有三百青銅錢이라 宋鮑照、行路難、且願得志數相就、床頭恒有沽酒錢、

去矣行

君不見韝音句臂捍上鷹가 一飽則飛掣이라 音徹○鮑明遠、詩、昔如韝上鷹、今似檻中猿、呂布傳、曹操曰、譬如養鷹、飢則爲用、飽則颺去 焉音烟能作堂上燕하야 銜泥附炎熱고 古詩思爲雙飛燕銜泥巢君室 野人公自謂也 曠蕩無靦顏하니 豈可久在王侯間고 未試囊中飧玉法하야 明朝且入藍田山이라

苦熱行 王轂

祝融南來鞭火龍하나 祝融、南方之神 火旗焰焰音豔燒天紅이라 日輪當午凝不去하니 萬國如在紅爐中이라 五嶽翠乾音干雲彩滅하니 陽侯海底愁波竭이라 陽侯、水神也 何當一夕金風發하야 爲我掃除天下熱고

琵琶行 白居易

按白樂天、自序云、元和十年、予左遷九江郡司馬、明年秋、送客湓浦口、聞舟船中、夜彈琵琶者、聽其音、錚錚然、有京都聲、問其人、本長安娼女、嘗學琵琶於穆曹二善才、年長色衰、委身爲賈人婦、遂命酒、使快彈數曲、曲罷憫然、自敘少小時歡樂事、今漂淪憔悴、轉徙於江湖間、予出官二年恬然自安、感斯人言、是夕、始覺有遷謫意、因爲長句歌、以贈之、凡六百二十二首、命曰琵琶行、其抑揚頓挫、流離沈鬱之態、雖千載之下、宛然琵琶哀怨之聲也、

潯音尋陽江頭夜送客하니 潯陽江州郡名 楓葉荻花秋瑟瑟이라 主人下馬客在船하니 擧酒欲飮無管絃이라 醉不成歡慘將別하니 別時茫茫江浸月이라 忽聞水上琵琶聲하고 主人忘歸客不發이라 尋聲暗問彈者誰하니 琵琶聲停欲語遲라 移船相近邀相見하고 添酒回燈重開宴이라 千呼萬喚始出來하니

猶抱琵琶半遮面이라 轉軸撥絃三兩聲하니 未成曲調(去聲) 先有情이라 (樂名、琵琶、本胡中馬上所鼓也 推手前曰琵、引手却曰琶、) 絃絃掩抑聲聲思하니 似訴平生不得志라 低眉信手續續彈하니 說盡心中無限事라 輕攏慢撚撥復挑하니 初爲霓裳 (即霓裳羽衣曲) 後六么라 (音腰○樂譜、琵琶曲、有轉口六么、護索、梁州、皆曲名也、) 大絃嘈嘈如急雨하고 小絃切切如私語라 嘈嘈切切錯雜彈하니 大珠小珠落玉盤이라 間關鶯語花底滑하니 幽咽泉流冰下灘이라 冰泉冷澁絃凝絶하니 凝絶不通聲暫歇이라 別有幽愁暗恨生하니 此時無聲勝有聲이라 銀瓶(音平) 乍破水漿迸하니 鐵騎突出刀鎗鳴이라 曲終抽撥當心畫하니 四絃一聲如裂帛이라 東船西舫悄無言하고 唯見江心秋月白이라 沉吟收撥揷絃中이라 整頓衣裳起斂容호대 自言本是京城女로 家在蝦蟆陵下住라 十三學得琵琶成하야 名屬敎坊 (開元二年、置左右敎坊、以敎器樂、) 第一部라 曲罷常敎善才服하니 (善才、歌也) 妝成每被秋娘妬라 (秋娘、妓也) 都(去) 五陵 (漢高帝長陵惠帝安陵景帝陽陵武帝茂陵昭帝平陵皆在京兆多徙豪富居之) 年少爭纏(音田) 頭하니 (賜歌舞者利物也) 一曲紅綃不知數라 鈿頭銀篦擊節碎하니 血色羅裙翻酒汚라 今年歡笑復明年하니 秋月春風等閑度라 弟走從軍阿姨死하니 暮去朝來顏色故라 門前冷落鞍馬稀하니 老大嫁作商人婦라 商人重(去聲) 利輕別離하야 前月浮梁買茶去라 (饒州浮梁縣乃產茶之地) 去來江口守空船하니 遶船明月江水寒이라 夜深忽夢少年事하니 夢啼粧淚紅闌干이라 (已上係商人婦之所訴也) 我聞琵琶已歎息이요 (已下乃司馬荅商婦) 又聞此語重喞喞이라 同是天涯淪落人이니 相逢何必曾相識고 我從去年辭帝京으로 謫居臥病潯陽城이라 潯陽地僻無音樂하야 終歲不聞絲竹聲이라 住近湓江地低濕하니 黃蘆苦竹遶宅生이라 其間旦暮聞何物고 杜鵑(音涓) 啼血猿哀鳴이라 豈無山歌與村笛고 嘔啞嘲哳難爲聽이라 今夜聞君琵琶語하니 如聽

仙樂耳暫明이라 莫辭更坐彈一曲하라 爲去聲 君翻作琵琶行이라 感我此言良久立하야 却坐促絃絃轉急이라 凄凄不似向前聲하니 滿坐聞之皆掩泣이라 就中泣下誰最多오 江州司馬靑衫濕이라 此乃白樂天自謂

內前行　唐子西

大觀四年、張天覺拜相、是夕、彗星沒、久旱而雨

內前 大內之前 車馬撥不開하니 文德殿下宣麻回라 紫微 唐開元中、改中書省、爲紫微省 舍人 張天覺、自中書舍人、爲相 拜右相하니 去聲 中使押赴文昌臺라 唐、則天、改尙書省、爲文昌臺 旄頭 旄音毛 昴星也 昨夜光照牖러니 音酉 是夕鋒芒如禿箒라 明朝化作甘雨來하니 官家喜得調元手라 五帝、官天下、三王、家天下、兼五三之德、故曰官家 周公禮樂未制作하니 致身姚宋亦不惡이라 通鑑、唐開元間、姚宋相繼爲相、姚崇、善應變成務、宋璟、善守成持正、唐世賢相、前稱房杜、後稱姚宋焉、 我聞二公拜相年에 民間斗米三四錢이라 唐、貞觀四年、米斗三錢、外戶不閉

續麗人行　蘇子瞻

李仲謀、家有周昉畫、背面欠伸內人、戲作此詩、

深宮無人春日長하니 沈香亭北百花香이라 李白、進淸平詞、云、名花傾國兩相歡、長得君王帶笑看、解釋春風無限恨、沈香亭北倚闌干、 美人睡起薄梳洗하니 燕舞鶯啼空斷腸이라 畫工欲畫無窮意는 背立春風初破睡라 若敎回首却嫣 虛延反 笑貌 然하니 陽城下蔡俱風靡라 宋玉、賦、東家之子、嫣然一笑、惑陽城迷下蔡、 杜陵飢客眼長寒하니 蹇驢破帽隨金鞍이라 隔花臨水時一見하니 只許腰肢 音芝 背後看이라 心醉歸來茅屋裏에 方信人間有西子라 君不見孟光擧案與眉齊아 梁鴻、至貧、爲人賃舂、每歸、妻爲具食、擧按齊眉、 何曾背面傷春啼오

莫相疑行　杜子美

西子、西施也

郭英義、倅蜀、公與英義、不合、去成都時作、

男兒生無所成頭皓白하니（李陵書、男兒生無所成名）牙齒欲落眞可惜이라 憶獻三賦蓬萊宮하니 自恠一日聲輝赫이라（明皇天寶中、朝獻太淸宮、享廟及郊、甫時獻三大禮賦、）集賢學士如堵墻하니（禮記、孔子射於矍相之圃、蓋觀者如堵墻）觀我落筆中書堂이라 往時文彩動人主하니 此日飢寒趨路傍이라 晚將末契託年少하니（陸機、歎逝賦、託末契於後生、）當面輸心背面笑라 寄謝悠悠世上兒하노니 不爭好惡莫相疑하라

虎圖行　　王介甫

壯哉非熊亦非貙니 目光夾鏡當坐隅라 橫行妥尾不畏逐하니 顧眄欲去仍躊躇라 卒然一見心爲動하니 熟視稍稍摩其鬚라 固知畫者巧爲此라 此物安肯來庭除오 想當盤礴欲畫時에 睥睨衆史如庸奴라（莊子、宋元君、將畫圖、衆史皆至、受揖而立、有一史後至、受揖不立、因之舍、公使人視之、解衣盤礴羸、君曰可矣、是眞畫也、）神閑意定始一掃하니 功與造化論錙銖라（八絲爲銖、八銖爲錙）悲風颯颯吹黃蘆하니 上有寒雀驚相呼라 槎牙死樹鳴老烏하니 向之俛噣如哺雛라（音晝喙也）山墻野壁黃昏後에 馮婦遙看亦下車라（孟子、晉人有馮婦者善搏虎、有衆逐虎、望見馮婦、趨而迎之、馮婦、攘臂下車、）

桃源行（詳見桃源圖）

古今詠桃源者、多惑於神仙之說、荆公、獨指爲避秦之人

望夷宮中鹿爲馬하니（望夷、秦宮 趙高、指鹿爲馬）秦人半死長城下라 避世不獨商山翁이오 亦有桃源種桃者라 一來種桃不記春하니 采花食實枝爲薪이라 兒孫生長與世隔하니 知有父子無君臣이라 漁郎放舟迷遠近하니 花間忽見驚相問이라 世上空知古有秦이니 山中豈料今爲晉고（已屬晉太康年中矣）聞道長安吹戰

重華、舜也

塵하니 東風回首亦沾巾이라 重(平聲) 華(平聲) 一去寧復得가 天下紛紛經幾秦고

今夕行 杜子美

今夕何夕歲行云徂하니 更長燭明不可孤라 咸陽客舍一事無하야 相與博塞爲歡娛라 憑陵大叫呼五白하니 袒跣不肯成梟盧라 (說文梟勝也 盧勝之名也) 英雄有時亦如此니 邂逅豈即非良圖오 君莫笑劉毅從來布衣願하라 家無儋(擔平聲)石輸百萬이라 (南史劉毅、家無儋石之儲、樗蒲、一擲百萬)

君子行 聶夷中

君子防未然이니 (此詩、言君子擧事、當防閑於未然之先、不可以嫌疑自處也) 不處嫌疑間이라 瓜田不納履오 李下不正冠이라 嫂叔不親授오 長幼不比肩이라 勞謙得其柄이라 和光甚獨難하니 周公下白屋하야 吐哺不及餐이라 一沐三握髮하니 後世稱聖賢이라

汾陰行 李嶠

(唐、李嶠、借漢武帝汾陰之祠、以諷明皇幸、蜀、之事、盛衰、固不同也、明皇、在蜀、聞歌此詞、問之、知爲嶠所作、感之泣下)

西京、漢長安也 四葉、四世也、自漢高帝至武帝四世

彩鷁、舟也

君不見昔日西京全盛時아 汾陰后土親祭祠라 齋宮宿寢設齋供하니 撞鍾鳴鼓樹羽旗라 漢家四葉才且雄하니 賓延萬靈服九戎이라 栢梁賦詩高宴罷하니 詔書法駕幸河東이라 河東太守親掃除하니 奉迎至尊導鑾輿라 五營將校列容衛하니 三河縱觀空里閭라 回旗駐蹕降靈場하니 焚香奠醑徵百祥이라 金鼎發食正焜煌하니 靈祇煒燁攄景光이라 埋玉陳牲禮神畢하니 擧麾上馬乘輿出이라 彼汾之曲嘉可遊하니 木蘭爲檝桂爲舟라 櫂歌微吟彩鷁浮하니 簫鼓哀鳴白雲秋라

歡娛宴洽賜群后하니 家家復除戶牛酒라 聲明動天樂無有하니 千秋萬歲南山壽라 (此已上說漢事) 自從天子向秦關으로 (此已下說唐) 玉輦金車不復還이라 珠簾羽帳長寂寞하니 鼎湖龍髥安可攀고 (昔黃帝、於鼎湖、跨龍升天、小臣、持龍髥而上者皆墮) 千齡人事一朝空하니 四海爲家此路窮이라 雄豪意氣今何在오 壇場宮苑盡蒿蓬이라 路逢古老長太息하니 世事回環不可測이라 昔時靑樓對歌舞하니 今日黃埃聚荊棘이라 山川滿目淚沾衣하니 富貴榮華能幾時오 不見只今汾水上에 惟有年年秋雁飛라

原本備旨懸吐註解

古文眞寶前集卷之十一 終

原本備旨懸吐註解 **古文眞寶前集卷之十二**

吟 類

古長城吟　　王　翰

長安少[去聲]年無遠圖하야 一生惟羡[先去]執金吾라[金吾、漢官名、吾杖也、以金飾其末、] 麒麟殿前拜天子하고 走馬爲[去聲]君西擊胡라 胡沙獵獵吹人面하니 漢虜相逢不相見이라 遙聞鍾鼓動地來하니 傳道單于夜猶戰이라 此時顧恩寧顧身고 爲君一行摧萬人이라 壯士揮戈回白日하니[昔、魯陽公、與韓戰、日暮、援戈而揮之、日爲反三舍、] 單于濺血汙朱輪이라 回來飮馬長城窟하니[昆入] 長城道傍多白骨이라 問之耆老何代人고 云是秦王築城卒이라 黃昏塞北無人煙하니 鬼哭啾啾聲沸[非去]天이라 無罪見誅功不賞하니 孤魂流落此城邊이라 當昔秦王按劒起하니 諸侯膝行不敢視라 富國强兵二十年에 築怨興徭[音遙役也] 九千里라 秦王築城何太愚오 天實亡秦非北胡라[秦皇得讖書曰、亡秦者胡、秦乃使蒙恬、北築長城、以防胡、不知亡秦者、乃太子胡亥] 一朝禍起蕭墻內하니[門屏也] 渭水咸陽不復都라

百舌吟　　劉禹錫

曉是寥落春雲低하니 初聞百舌間關啼라 花枝滿空迷處所하니 搖動繁英墜紅雨라 笙簧[音黃、笙中銅葉、所以出聲者] 百囀音韻多하니 黃鸝呑聲燕無語라 東方朝日遲遲升하니 迎風弄景如自矜이라 數聲不盡又飛去하니 何許相逢綠楊路오 綿蠻宛轉似娛人하니 一心百舌何紛紜고 酡顏俠少停歌聽하니 墮珥[音二、瑱也、一曰珠玉飾耳璫也] 妖姬和睡聞이라 可憐光景何時盡고 誰能低回避鷹隼가 廷尉張羅

自不關이오 漢、翟公爲廷尉、賓客塡門、及廢、門外可設雀羅、後、復爲廷尉、客欲往、大書其門曰、一死一生、乃知交情、一貧一富、乃知交態、一貴一賤、交情乃見 潘郎挾彈無情損이라 天生羽族爾何微오 舌端萬變乘春輝라 南方朱鳥一朝見하니 音現○南方七宿、有鳥象、井鬼、爲鶉首、柳星張、爲鶉火、翼軫爲鶉尾、夏火行、火色赤、故曰朱鳥、記月令、夏至節則反舌無聲、 索寞無言蒿下飛라

梁甫吟　諸葛孔明

步出齊城門하야 遙望蕩陰里라 里中有三墳하니 纍纍正相似라 問是誰家塚고 田彊古冶氏라 齊景公、有勇士、陳開彊、顧冶子、公孫捷、三人、晏嬰曰大王、摘三桃、自食其一、各令說功高者、賜一顆、陳顧二人食之、公孫自刎、而陳顧慚慨、亦從而刎焉、諸葛孔明、步齊城而見三墳、作是吟以嘆之、 力能排南山이오 文能絕地理라 一朝被讒言하야 一桃殺三士라 誰能爲此謀오 相國齊晏子라

引　類

丹青引　杜子美

將軍魏武之子孫으로 於今爲庶爲淸門이라 英雄割據雖已矣나 文彩風流今尙存이라 學書初學衞夫人하니 但恨無過王右軍이라 丹靑不知老將至하니 富貴於我如浮雲이라 開元之中常引見하니 承恩數 音朔 上南薰殿이라 凌煙 閣名、唐貞觀中、畫長孫無忌等二十四人於凌煙閣上、 功臣少顏色하니 將軍下筆開生面이라 良相頭上進賢冠하고 猛將腰間大羽箭이라 褒公鄂公毛髮動하니 鄂公、尉遲敬德 褒公、段志玄 英姿颯颯來酣戰이라 先帝天馬玉花驄을 畫工如山貌 莫角反 不同이라 是日牽來赤墀下하니 迥立閶闔生長風이라 詔謂將軍拂絹素하니 意匠慘澹經營中이라 斯須九重眞龍出하니 一洗萬古凡馬空이라 玉花却在御榻上하니 榻上庭前屹相向이라 至尊含笑催賜金하니 圉人太僕皆惆悵이라 弟子韓幹早入室하니

乘黃、四馬黃也

馬腦、七寶之一

亦能畫馬窮殊相이라 幹惟畫肉不畫骨하니 忍使驊騮氣凋喪이라 將軍盡善盖有神하니 必逢佳士亦寫眞이라 即今漂泊干戈際에 屢貌尋常行路人이라 途窮返遭俗眼白하니 世上未有如公貧이라 但看古來盛名下에 終日坎壈纏其身이라

桃竹杖引

江心蟠石生桃竹하니 蒼波噴浸尺度足이라 斬根削皮如紫玉하니 江妃水仙惜不得이라 梓潼使君開一束하니 滿堂賓客皆歎息이라 憐我老病贈兩莖하니 出入爪甲鏗有聲이라 老夫復欲東南征하니 乘濤鼓枻白帝城이라 路幽必爲鬼神奪이니 杖劒或與蛟龍爭이라 重爲告曰、杖兮杖兮여 爾之生也甚正直하니 愼勿見水踴躍學變化爲龍하라 使我不得爾之扶持하고 滅跡於君山湖上之青峯이라 噫風塵澒洞兮豺虎咬人하니 忽失雙杖兮吾將曷從고

韋諷錄事宅觀曹將軍畫馬圖引

國初已來畫鞍馬하니 神妙獨數江都王이라 (名畫記江都王緖霍王元軌之子) 將軍得名三十載에 人間又見眞乘黃이라 曾貌先帝照夜白하니 龍池十日飛霹靂이라 內府殷紅馬腦盤하니 婕妤傳詔才人索이라 盤賜將軍拜舞歸하니 輕紈細綺相追飛라 貴戚權門得筆跡하니 始覺屛障生光輝라 昔日太宗拳毛騧하니 (音瓜太宗所乘、名拳毛騧、乃平劉黑闥時、所乘) 近時郭家師子花라 (郭子儀、收復京師、代宗以花虬賜之名師子驄) 今之新圖有二馬하니 復令識者久歎嗟라 此皆騎戰一敵萬이니 縞素漠漠開風沙라 其餘七匹亦殊絶하니 迥若寒空動煙雪이라 霜蹄蹴踏長楸(音秋)間하니 馬官廝養森成列이라 可憐九馬爭神駿하니 顧視淸高氣深穩이라 借問苦心愛

支遁、釋道林也

者誰오 後有韋諷 方風反 前支遁이라 憶昔巡幸新豐宮할제 翠華拂天來向東이라 騰驤磊 雷上 落三

萬匹이 皆與此圖筋骨同이라 明皇、幸驪山、王毛仲、以廐馬數萬、從、每色作一隊相間蓄錦綉 自從獻寶朝河宗으로 無復射咬江水中이라

元封五年、漢武帝、自潯陽、浮江、親射蛟江中、獲之、 君不見金粟堆 明皇葬處 前松栢裏아 龍媒 漢禮樂志、天馬徠龍之媒 去盡鳥呼風이라

明妃曲　　王介甫

元帝、後宮人、旣多、不得常見、乃使畵工、毛延壽、圖其形、按圖召幸、宮人皆賂畵工、多者十萬金、少者不減五萬、王嬙、字昭君、自恃其貌、獨不與、及匈奴入朝、選宮人配之、昭君以圖當行、入辭、光彩動人、竦動左右、天子、重信外國、悔恨不及、窮究其事、毛延壽竟棄市、○晉、避司馬昭諱、故改昭君爲明妃、

明妃初出漢宮時에 淚濕春風鬢脚垂라 低回顧影無顏色이나하 尙得君王不自持라 歸來却恠

丹靑手가 入眼平生未曾有라 意態由來畵不成이니하 當年枉殺毛延壽라 一去心知更不歸니하

可憐著盡漢宮衣라 寄聲欲問塞南事니하 只有年年鴻鴈飛라 佳人萬里傳消息이니하 好在氈

長門、陳皇后宮也

城莫相憶이라 君不見咫尺長門閉阿嬌아 人生失意無南北이라

明妃曲

明妃出嫁與胡兒니하 氈車百兩皆胡姬라 含情欲語獨無處야하 傳與琵琶心自知라 黃金捍

撥春風手니하 彈看飛鴻勸胡酒라 漢宮侍女暗垂淚니하 沙上行人却回首라 漢恩自淺胡自

深니하 人生樂 音洛 在相知心이라 可憐靑冢已蕪 音無 沒이나 單于死、子達、立、昭君、謂達、曰將爲漢、將爲胡曰爲胡、昭君服毒而死、擧國葬之、胡中、多白草而此冢、草獨靑故曰靑塚

尙有哀絃留至今이라 哀絃、謂琵琶也

明妃曲　　歐陽永叔

漢宮有佳人하니 天子初未識이라 一朝隨漢使하야 遠嫁單于國이라 絶色天下無하니 一失難再得이라 雖能殺畫工이나 於事竟何益고 耳目所及尙如此어든 萬里安能制夷狄고 漢計誠已拙하니 女色難自誇라 明妃去時淚洒向枝上花하니 狂風日暮起라 飄泊落誰家오 紅顔勝人多薄命하니 莫怨春風當自嗟하라

明妃曲和王介甫

胡人은 以鞍馬爲家射獵爲俗이라 泉甘草美無常處하니 鳥驚獸駭爭馳逐이라 誰將漢女嫁胡兒오 風沙無情面如玉이라 身行不遇中國人하야 馬上自作思歸曲이라 推手爲琵、却手琶하니 胡人共聽亦咨嗟라 玉顔流落死天涯하니 琵琶却傳來漢家라 漢宮爭按新聲譜하니 遺恨已深聲更苦라 纖纖女手生洞房하니 學得琵琶不下堂이라 不識黃雲出塞路하니 豈知此聲能斷腸고

塞上曲 黃魯直

十月北風燕草黃하니 燕人馬肥弓力强이라 虎皮裁鞍鵰(音凋)羽箭하니 射殺山陰雙白狼이라 靑氈帳高雪不濕하니 擊鼓傳觴令行急이라 戎王半醉擁貂裘하니 昭君猶抱琵琶泣이라

烏棲曲 李太白

姑蘇臺上烏棲(同栖)時에 吳王宮裡醉西施라 吳歌楚舞歡未畢하야 靑山欲銜半邊日이라 銀箭金壺漏水多하니 起看秋月墜江波라 東方漸高奈樂何오

辭

連昌宮辭

元稹

(太眞、楊妃也) (梁州、曲名) (龜玆、國名) (岐薛、岐王、薛王、皆明皇弟)

連昌宮中滿宮竹이 歲久無人森似束이라 又有墻頭千葉桃하니 風動洛花紅蔌蔌이라 宮邊老人爲余泣하니 少年選進因曾入이라 上皇正在望仙樓하니 太眞同憑欄干立이라 樓上樓前盡珠翠하니 炫轉熒煌照天地라 歸來如夢復如癡하니 何暇備言宮裡事오 初過寒食一百五하니 (多至後、過一百單五日、爲寒食、) 店舍無煙宮樹綠이라 夜半月高絃索鳴하니 賀老琵琶定場屋이라 (樂工賀懷知、彈琵琶以定樂場) 力士傳呼覓念奴하니 (念奴、天寶、中名妓之善歌舞者、) 念奴潛伴諸郞宿이라 須臾覓得又連催하니 特勅街中許燃燭이라 春嬌滿眼睡紅綃하니 掠削雲鬟旋粧束이라 飛上九天歌一聲하니 二十五郞吹管逐이라 (二十五郞、邠王也) 逡巡大徧梁州徹하니 色色龜玆轟綠續이라 李謨壓笛傍宮墻하니 偸得新翻數般曲이라 (明皇、上元夜、潛遊燈下、忽聞樓上吹笛、奏前夕新翻之曲、者、大駭、密捕笛者、詰問、云是夕、竊於天津橋上玩月、聞宮中奏曲、遂於橋柱、以爪畫譜、記之、問其誰氏、曰李謨、明皇異之、賜物遣去、) 平明大駕發行宮하니 萬人鼓舞途路中이라 百官隊仗避岐薛하니 楊氏諸姨車鬪風이라 明年十月東都破하니 御路猶存祿山過라 驅令供頓不敢藏하니 萬姓無聲淚潛墮라 兩京定後六七年에 却尋家舍行宮前이라 莊園燒盡有枯井하니 行宮門闥樹宛然이라 爾後相傳六皇帝하니 (自明皇後、又傳肅宗、代宗、德宗、順宗、憲宗、六朝皇帝) 不到離宮門久閉라 往來年少說長安하니 玄武樓成花蕚廢라 (昔於宮西、創花蕚相輝之樓、後又建玄武樓、遂廢花蕚之樓、) 去年敕使因斫竹하니 偶値門開蹔相逐이라 荊榛櫛比塞池塘하니 狐兎驕癡緣樹木이라 舞榭欹傾基尙存하니 文窓窈窕紗猶綠이라 塵埋粉壁舊花鈿하니 烏啄風箏碎如玉이라 上皇偏愛臨砌花하야 依然御榻臨階斜라 蛇出燕巢盤鬪栱하니 菌生香案正當衙라 寢殿相連端正樓하니 太眞梳洗樓上頭라 晨光未出簾影黑하니 至今反掛珊瑚

今皇、唐憲宗也

鉤라 指向傍人因慟哭하니 却出宮門淚相續이라 自從此後還閉門로오 夜夜狐狸上門屋이라 我聞此語心骨悲하니 太平誰致亂者誰오 翁言野父何分別고 耳聞眼見爲君說이라 姚崇宋璟作相公하니 姚崇、宋璟、皆作明皇賢相、致太平、 勸諫上皇言語切이라 燮理陰陽禾黍豐하니 調和中外無兵戎이라 長官清平太守好하니 揀選皆言由相公이라 開元欲末姚宋死하니 朝廷漸漸由妃子라 唐之亂皆自此始矣 祿山宮裏養作兒하니 天寶十載召祿山入禁中、貴妃、使宮人、以綵輿舁之、上聞後宮喧笑、左右以貴妃洗兒對、上喜、賜貴妃洗兒錢 虢國門前鬧如市라 貴妃妹、封虢國夫人、勢焰熏炙、人皆附之、其門如市、 弄權宰相不記名하니 依俙憶得楊與李라 楊國忠 李林甫 廟謨顚倒四海搖하니 五十年來作瘡痏라 今皇神聖丞相明하야 詔書纔下吳蜀平이라 官軍又取淮西賊하니 此賊亦除天下寧이라 年年耕種宮前道러니 連昌宮前 今年不遣子孫耕이라 老翁此意深望幸하니 努力廟謨休用兵하라

原本備旨懸吐註解 古文眞寶前集卷之十二 終

原本備旨
懸吐註解 古文眞寶前集

重版 印刷●2003年 1月 25日
重版 發行●2003年 1月 30日
校 閱●明文堂編輯部
發行者●金 東 求
發行處●明 文 堂
서울특별시 종로구 안국동 17~8
대체 010041-31-001194
전화 (영) 733-3039, 734-4798
(편) 733-4748
FAX 734-9209
Homepage www.myungmundang.net
E-mail mmdbook1@myungmundang.net
등록 1977. 11. 19. 제1~148호

값 6,000원
ISBN 89-7270-713-9 94820
ISBN 89-7270-055-X(전2권)